KB138758

빨강머리
앤이

아직 너무 늦지 않았을 우리에게

하는
말

백영옥

에세이

arte

예쁘지는 않지만
사랑스러운 나의 앤에게

오래전, 침대에 누워 천장의 무늬를 하염없이 바라보고 있었다. 나
는 지쳐 있었다. 인간관계에서 실패했고, 소설가가 되겠다는 오랜
꿈에서 멀어졌고, 결국 회사에 사표를 냈다. 버튼 하나 누를 힘이
없었지만, 빨강머리 앤 애니메이션 시리즈를 봤다. 끝까지 따라 부
를 수 있는 내 인생 유일한 주제가가 흘러 나왔다. '주근깨 빼빼
마른 빨강머리 앤~ 예쁘지는 않지만 사랑스러워!' 이마가 툭 불거
져 나온 이 수다쟁이 소녀는 내게 쉬지 않고 말이란 걸 했다.

"엘리자가 말했어요! 세상은 생각대로 되지 않는다고. 하지만 생각대로 되지 않는다는 건 정말 멋져요. 생각지도 못했던 일이 일어나는걸요."

스톱 버튼!
눈물이 핑.
앤의 말을 한 번, 두 번, 세 번 더 들었다.
결국 눈물이 흘러내렸다.

될 줄 알았던 시험에서 미끄러졌을 때, 영원할 줄 알았던 애인과 헤어졌을 때, 제대로 된 길을 가고 있다고 생각했는데 거꾸로 가고 있었을 때, 오랫동안 꿈꾸던 것에서 멀어졌을 때, 다시 한 번 회사에 사표를 쓰게 됐을 때, 나는 앤의 말을 떠올렸다. 가끔은 앤에게 되묻고 싶기도 했다. 앤! 네 말처럼, 생각대로 되지 않는다는 건 정말 멋진 걸까?

"린드 아주머니는 '아무것도 기대하지 않는 사람들은 축복받은 사람들이다. 왜냐하면 실망할 것도 없으니까.'라고 말씀하

셨어요. 하지만 저는 실망하는 것보다 아무것도 기대하지 않는 게 더 한심한 일이라고 생각해요!"

수없이 앤을 봤다. 하지만 그때가 처음이었다. 나는 앤이 한 말을 노트에 적기 시작했다. 앤이 한 말을 '듣기만 했을 때'와 그녀에게 들은 말을 '노트에 적었을 때'의 차이는 컸다. 그 차이만큼이 내겐 기적의 크기다. 나는 다시 한 번 실망하더라도 오래 꿈꿔왔던 것을 기대해보기로 했다.

나는 '다시' 소설을 쓰기 시작했다. 나는 '다시' 책을 읽기 시작했다. 『안나 카레니나』와 『참을 수 없는 존재의 가벼움』, 『파우스트』, 『오만과 편견』 같은 내 인생의 책들을. 아무것도 하지 않으면 결국 어떤 일도 일어나지 않을 테니까. 이 빨강머리 소녀가 내게 말하는 것도 그것이었을 테니까. 어쩌면 이것은 더 이상 기적을 믿지 않는 시대에 일어난 지극히 개인적인 기적에 관한 이야기인지도 모르겠다.

그리고 나는 소설가가 되었다.
이 책을 나의 빨강머리 앤에게 바친다.

차례

우연을 기다리는
힘

고독을 좋아한다는
거짓말

슬픔
공부법

더 잘 사랑할 수 있는
사람

마지막의
마지막까지 변한다

에필로그

시간이 우리에게 선물하는 건

이런저런 일을 겪으며

똑같은 상황을 바라보는 관점을 바꾸게 하는 힘 아닐까.

시간은 느리지만 결국

잎을 키우고, 꽃을 피우고, 나무를 자라게 한다.

나는 그것이 시간이 하는 일이라 믿는다.

우연을 기다리는
힘

 앞으로 알아낼 것이 많다는 건 참 좋은 일 같아요!
만약 이것저것 다 알고 있다면 무슨 재미가 있겠어요?
그럼 상상할 일도 없잖아요!

절망에서 희망을 찾아내는
아주 특별한 능력

'버킷 리스트'가 무엇이냐는 질문을 가끔 받는다. 인생에서 '버킷 리스트' 같은 걸 만들지 않는 게 유일한 내 버킷 리스트라고 대답하곤 했다. '버킷 리스트'를 갖지 않겠다는 건, 하고 싶은 일을 해보지 않아서 생기는 후회 없이 살겠다는 희망이었다. 사람은 해보지 못한 일에 대해 회한을 갖는다. 하지만 해본 일에 대한 후회는 (실패하더라도) 비교적 짧다. 자신이 저지른 일에 대해서는 자기합리화를 하기 때문이다. 해본 일에 대해서라면, 승화라는 위대한 치유책도 있다. 고백했다가 짝사랑마저 잃은 작가가 사랑의 고통에 대한 아름다운 연애소설을 쓴다거나, 화가나 가수가 개인적인 슬픔을 불멸의 예술로 격상시키는 것 말이다.

빨강머리 앤을 읽은 후, 나는 줄곧 '프린스 에드워드 섬'에 가고 싶었다. 그곳이 비행기를 몇 번 갈아타고 가야 할 만큼 멀고, 작고, 심심한 곳이라는 얘기에도 불구하고, 무조건 가고 싶었다. 심심한 곳이란 말은 내 마음을 오히려 잡아끌었다. 내게 '심심하다'는 말의 의미가 달라졌기 때문이다. 심심함은 이제 내겐 인터넷 속도가 너무 느려서 스마트폰을 보지 않아도 되는 뜻밖의 세계를 뜻한다. 정신없이 흘러가는 내 삶이 확실하게 느려지는 걸 몸으로 경험하는 일 말이다. 그건 어쩌면 초록지붕 집에 사는 빨강머리 앤의 세계로 걸어 들어가는 일처럼 보인다.

집으로 가는 사륜마차 위에서 바라본 마을의 흙이 왜 붉은지 묻는 질문에 매튜가 '글쎄다'라고 말하자 앤이 매튜에게 이렇게 말한다.

"앞으로 알아낼 것이 많다는 건 참 좋은 일 같아요! 만약 이 것저것 다 알고 있다면 무슨 재미가 있겠어요? 그럼 상상할 일도 없잖아요!"

궁금한 게 너무 많아서 빨리 어른이 되고 싶던 내게 앤의 말은 좀
처럼 이해되지 않았다. 그러나 시간이 흐르고, 그녀의 말에 귀 기
울이며 알게 된 것들이 있다. 여러 명의 아이를 돌봐야 했던 고아
소녀는 자신이 처한 각박한 현실 속에서 가장 좋은 것을 상상하
는 습관을 오래 간직해온 것이다. 그것이 삶을 대하는 앤의 태도
였다. 놀아줄 또래 친구가 없어서 깨진 유리창에 비친 자신의 얼
굴에 '캐시 모리스'라는 이름의 가상 친구를 만들어내는 앤. 그런
앤의 상상력이 내겐 늘 절망에서 희망을 찾아내는 특별한 능력처
럼 느껴졌다. 그러므로 이 빨강머리 소녀는 약속된 시간을 넘겨
늦게 도착한 초록지붕 집의 매튜 아저씨에게 이렇게 말할 줄 안다.

"나오시지 않는 이유를 생각하고 있었어요. 아저씨가 데리러
오지 않으면, 오늘 밤은 저 큰 벚나무 위에 올라가서 밤을 새
울까 생각하고 있었어요. 마치 대리석으로 만든 널찍한 방에
살고 있는 듯한 느낌이 들지 않을까요?"

한 그루의 평범한 벚나무를 아늑한 자기만의 방으로 멋지게 바꿀 줄 아는 앤은 사랑스럽다. '예쁘지는 않지만 사랑스러운' 앤의 그 말을 주머니 속에 넣고 다니고 싶다. 기다리고 고대하는 일들은 좀처럼 일어나지 않는 게 실제 우리의 하루다. 하지만 그럴 때 앤의 말을 꺼내보면 알게 되는 게 있다. 희망이란 말은 희망 속에 있지 않다는 걸. 희망은 절망 속에서 피는 꽃이라는 걸. 그 꽃에 이름이 있다면, 그 이름은 아마 '그럼에도 불구하고'일 거라고.

우연을 기다리는
힘

누구에게나 '빨강머리'가 존재한다. 어떤 사람에게 그것은 평균 이하의 작은 키일 수도 있고, 어떤 사람에겐 별 모양의 화상 자국일 수도, 어린 나이에 쓰게 된 두꺼운 난시 교정용 안경이나, 유난히 뚱뚱한 몸일 수도 있다. 우리는 그것을 콤플렉스라고 부른다. 하지만 콤플렉스가 외모만을 뜻하지는 않는다. 초록지붕 집의 매튜 커스버트의 '빨강머리'는 낯선 사람들, 특히 여자 앞에 서면 자꾸 작아지는 대인공포증이다. 그는 낯선 사람이 나타나면 허둥지둥 숨

아저씨.
이제 왜 제가 완전하게 행복할 수 없는지 아셨겠죠?

전 주근깨나 비쩍 마른 건 신경 쓰지 않아요.
그런 건 상상으로 아름답게 꾸미면 되니까요.
하지만 빨강머리는 어쩔 수가 없어요.
역시 빨강머리만은 없어지지 않는걸요.
정말 가슴이 미어터질 것 같아요.
평생을 붙어 다닐 슬픔일 거예요!

기부터 하는 남자다.

내 어릴 적 빨강머리는 무엇이었을까. 닮지 않았으면 싶은 콤플렉스가 자식에게 유전됐을 때, 부모는 그걸 콕 집어 말할 때가 있다. 내 경우에는 아빠가 대학에만 가면 코수술을 시켜주겠다고 호언장담하면서부터 코에 대한 콤플렉스가 생겼다. 그전까지는 나는 내 코가 납작한지도 몰랐다. 코가 납작하다고 생각하니 자꾸 만지작거리는 버릇이 생겼고, 코를 만지려고 하다 보니 손톱이 성가셔 손톱을 물어뜯기 시작했다. 내 경우, 안 좋은 버릇의 창세기는 코에서부터 시작되었다.

우리 집에는 철딱서니라곤 하나 없는 어린 삼촌들이 세 명이나 같이 살았는데, 그중 가장 콧대 높은 외삼촌은 잠자는 내 코에 빨래집게를 꽂는 만행을 저지르기도 했다. 사람을 보면 일단 코부터 쳐다보는 버릇은 그때부터 시작됐다. 낮은 코는 내 유년 시절에 지대한 영향을 끼쳤다.

그런데 자라면서 기이한 일이 생겼다. 신기하게도, 초등학교를 졸업하고 중학교에 가면서부터 조금씩 내 코가 높아지기 시작한 것이다. 물론 여전히 내 코가 높은 건 아니다. 하지만 나는 어느 날부터 그냥 적당히 낮은 내 코를 인정하게 됐다. 심지어 제법 귀

엽단 소리까지 들었다. 빨리 달리거나, 고개를 숙이고 오래 책을 읽으면 어김없이 낮은 코에 걸린 안경이 조금씩 밑으로 내려오긴 했지만 말이다. 그러다가 중요한 사실 한 가지를 깨달았다. 누구도 내 코를 관심 있게 바라보지 않는다는 것. 말하자면 내 콤플렉스는 내 눈에만 유독 도드라져 보이는 것이었다.

그 옛날 언니가 울고 있는 내 등을 쓸어주며 "다 지나간다."고 말했을 때, 나는 그 뜻을 알지 못했다. 우연을 기다리는 힘, 시간을 견디는 힘, 열한 살 앤은 아직 이해하지 못했을 이야기다. 물론 내코가 기적처럼 높아지지는 않았다. 제아무리 기다려도 앤의 빨강머리가 눈부신 금발머리가 될 리는 없다. 하지만 아이러니한 건 빨강머리가 싫어서 아줌마 몰래 검은색 염색약을 머리에 발랐던 앤이 온통 초록색으로 변한 머리카락을 본 후, 절규하듯 외치는 말이다.

"전 이제까지 빨강머리가 세상에서 최악이라고 생각했어요!"

머리카락이 초록색이 되고 나서야, 앤은 자신의 빨강머리가 그렇게까지 나쁘지 않았다는 걸 깨닫는다. 시간이 우리에게 선물하는 건 이런저런 일을 겪으며 똑같은 상황을 바라보는 관점을 바꾸게 하는 힘 아닐까. 시간은 느리지만 결국 잎을 키우고, 꽃을 피우고, 나무를 자라게 한다. 나는 그것이 시간이 하는 일이라 믿는다. 시간이야말로 우리의 강퍅한 마음을 조금씩 너그럽고 상냥하게 키운다고 말이다. 그러니까 내 말은, 거울을 보며 어느 날 당신도 이렇게 중얼거릴지도 모른다. 아! 정말 좋다! 까지는 아니어도,

그럭저럭,
이 정도도,
나쁘지 않아…….

삶은 편도야,
앤

"이런 날, 살아 있다는 사실만으로도 행복하지 않니?" 처음 학교에 가는 길, 앤은 프린스 에드워드 섬의 아름다운 풍경을 보며 다이애나에게 이렇게 외친다. 앤의 눈가에 스치는 모든 사물 위에는 행복이 방울방울이다. 앤은 행복한 사람이다. 그녀에겐 행복을 '그려 내는 능력'이 있기 때문이다. 앤은 끝없는 사막 속에서도 오아시스를 상상하며 눈앞의 모래바람을 지나가는 것이라 생각하는 사람이다. 내가 앤을 오래도록 사랑한 것도, 남자아이가 아니란 이유로

아! 이렇게 좋은 날이 또 있을까.
이런 날에 살아 있다는 사실만으로도 행복하지 않니?
이런 날의 행복을 누리지 못하는
아직 태어나지 못한 사람들이 불쌍해.
물론 그 사람들에게도 좋은 날이 닥쳐오긴 하겠지만.
그렇지만 오늘이라는 이날은 두 번 다시 오지 않을 거니까 말이야.

고아원으로 다시 돌아가야 하는 최악의 순간에도, 길가에 핀 꽃이 아름답다고 말할 줄 아는 그녀의 행복 재능 때문이다.

『세상 모든 행복』(흐름출판, 2013)은 100명의 세계적 행복학 권위자들이 천 개의 단어로 말한 행복에 관한 책이다. 이 프로젝트를 위해 저자는 '세계 행복 데이터베이스' 웹사이트에 수록된 8천여 건의 논문을 검토하고, 전 세계 50개국 100명의 심리학자, 사회학자, 경제학자, 정치학자들에게 행복이란 어떻게 측정할 수 있는가를 물었다.

이 책에는 '행복 설정값'이란 말이 자주 등장한다. 행복 설정값이란 고유한 행복의 기본 수준으로, 어떤 사람이 큰 좌절을 겪든, 크게 성공하든, 결국 행복지수가 처음의 설정값으로 되돌아가는 탄력성을 말한다. 영화 〈비포 선셋〉에 보면 이것과 관련된 이야기가 등장한다. 사고 때문에 비록 다리 하나를 쓸 수 없다고 해도, 낙천적인 사람이라면 낙천적인 장애인이 된다는 이야기.

우선 좀 우울한 얘기부터 하면, 행복의 50퍼센트는 유전적 설정값에 의해 결정된다. 이 말은 환경에 따라 결정되는 건 겨우 10퍼센트 정도이고, 행복감을 느끼는 능력의 50퍼센트는 운 좋게 타고난다는 것이다. 뭔가 억울하지 않은가? 하지만 나머지 40퍼센트는 자신에게 달려 있다고 하니 포기는 이르다. 그렇기 때문에 행복에는 반드시 연습이 필요하다는 게 학자들의 주장이다.

　매디슨 대학의 연구에 따르면, 사람은 스스로 동정심을 키울 수 있다. 연민을 갖고 배려 깊은 행동을 하면 할수록 두뇌의 활동이 활성화된다는 것이다. 이 말은 동정심도 훈련할 수 있으며, 무력감이나 슬픈 감정 역시 배울 수 있다는 얘기다. 감정을 학습한다는 말은 대체 무슨 뜻일까?

"인간의 행동 중 일부는 감정 없이, 의식적인 목적 없이, 자아와 목표 사이의 진정한 동화 없이 그저 습관처럼 이루어진다. 의미 없는 행동은 우리를 행복으로 이끌지 않는다. 이와 반대로, 의식적으로 노력하고 진심을 갖고 행동할 때 행복을 경험하고, 감각을 깨울 수 있다."

이런저런 행복학 관련 책들을 읽다가 내가 느낀 중요한 사실이 있다. 그것은 '나 자신을 너무 심각하게 받아들이지 말라'는 것이다. 우리는 자신의 직업적 성공, 발전적 진화, 자아 성장에 과도하게 관심이 큰 탓에, 나 이외에 다른 사람과의 진정한 관계에 투자하는 시간을 낭비라고 생각하는 문화 속에 살고 있다. 심지어 잠 역시 시간낭비라고 생각하면서 말이다. 하지만 행복지수가 높은 대다수의 사람은 '내'가 아니라 '타인'과의 관계에서 '공감'을 구축해낸 사람들이다. 이것은 다양한 연구를 통해서도 증명되고 있다. 타인과의 보다 깊은 관계를 위해 투자하는 시간은 결코 낭비가 아니다. 또 조사 결과 결혼한 사람들이 미혼보다 행복지수가 높게 나왔다. 외향적인 사람이 내향적인 사람보다 조금 더 높은 수준의 행복감을 경험한다는 것도 입증되었다. 흔히 젊은이가 노인보다 행복할 것이라 믿지만, 통계는 전혀 다른 사실을 말하고 있다.

"나이와 행복의 관계를 조사하면 늘 60~70대 노인들이 더 행복하다는 조사 결과가 나온다. 왜? 노인들이 감정을 잘 다룰 수 있는 능력을 가지고 있기 때문이다. 그들은 살면서 좋은 일, 나쁜 일을 모두 겪었다. 좋은 소식을 들어도 지나치게 요란 떨지 않고, 불행한 일이 일어나도 모든 것이 지나가리라는 말을 되새기며 기다릴 줄 안다."

살아갈 시간이 10년밖에 남지 않았다는 걸 알게 되면, 그 사람의 시간 시야는 확실히 좁아진다. 노인들이 행복한 건 그 때문이다. 시간 시야가 좁아진다는 건 '과거'에 연연하지 않고 '미래'를 걱정하지 않은 채 '지금 이 순간'을 살아간다는 뜻이다. 과거와 미래에서 자유로워지면, 자신에게 주어진 이 순간에 가장 중요한 게 무엇인지 정확히 알게 된다. 공원에 가득 핀 목련을 보면서, 다음 날 해야 할 집안일을 걱정하는 일이 줄어드는 것이다. 노인들은 공원에 핀 저 꽃이 얼마나 빨리 시들고 지는지 수없이 보았을 것이다. 피어나는 꽃을 보면서 그들은 어쩌면 젊은 시절과는 다른 교훈을 얻었을지도 모른다. 꽃이 보여주는 건 아름다움 자체가 아니라, 아름다움은 그토록 빠르게 사라진다는 사실이라는 것 말이다. 그러니 더 말할 것도 없다. 이 순간을 지금 만끽해야 한다!

나와
포옹하는 법

내 이름은 백영옥. 나는 내 이름이 싫었다. 내 나이 또래 나 같은 이름을 가진 사람은 별로 없었다. 나는 유난히 촌스러운 이름의 대명사가 된 것 같았다. 작가가 되고 싶었던 이유 중 하나도 필명 때문이었다. 김연수, 배수아, 정이현 등 멋진 소설을 쓰는 작가들 대부분이 본명이 아닌 필명으로 활동하고 있지 않은가. 2006년 소설가로 등단한 후, 나는 필명에 대해 고민하다가 결국 하나의 이름을 정했다. 내 필명은 '백모'였다. 백모? 흰 두부? 두부 백 모를 말하는 거냐? 하얀 털? 무슨 무협지에 나오는 이름 같네!

　이름만 대면 알 법한 시인, 소설가들은 내 필명에 각자의 상상을 더해 한 마디씩 보태었다. 이게 다 애초에 '백영옥'이라는 본명으로 작품을 낸 탓이었다. 상상력이 뛰어난 작가들이니 필명에 대한 논평 역시 창의적이었다. 백 개의 모종! SF 소설의 대가 아이작 아시모프처럼 나날이 미모를 더해가며 줄기차게 소설을 백 편쯤 쓰겠다는 신인의 박력으로 이해해주면 좋으련만. 이름을 '백모'로 정한 건 내 나름의 이유가 있어서였다.

　작가 스스로가 쓴 자기소개서 중 내가 가장 좋아하는 것은 아이작 아시모프의 것이다. 그는 일흔두 살까지 살았는데, 이 소개서는 이렇게 시작한다. "그는 열한 살에 소설을 쓰기 시작했다." 마지막은 이렇다. "많이 써내는 것 외에 이제 남은 것이 무엇이겠는가? 지금까지 출판된 그의 작품들은 465편이 넘는다. 그는 여전히 젊고, 활기 있고, 사랑스러우며, 매년 미모를 더해가고 있다. 이건 틀림없는 사실이다."

　100권의 소설을 쓰자! 지금 생각하면 터무니없긴 해도 그게 실질적인 내 목표였다. 필명에 대한 고집을 꺾지 않던 그즈음, 나는 한 신문에 칼럼을 연재하게 되었다. 그리고 지금은 영화평론계의 록스타가 된 한 선배가 자못 진지한 얼굴로 내게 이런 말을 하는 게 아닌가. "신문에서는 용의자나 범죄자를 '이모', '강모', '백모' 이런 식으로 표현하잖아요. 방화나 강간 용의자 '백모 씨' 옆에 '백모의 트렌드 샷', 이런 게 있으면 좀 이상하지 않을까요?" 솔직히 그 순간 망했구나 싶었다. 그게 바로 내가 필명을 포기하고 본명으로 글을 쓰게 된 결정적 이유였다.

미국에는 '짐 스미스 클럽'이란 게 있다. 미국 전역에 짐 스미스라는 이름을 가진 사람들이 모여 만든 것인데, 한국으로 치면 '김철수 협회'쯤이 될 것이다. 이 협회의 목적은 자신을 평범한 인간이라 생각하기 쉬운 짐 스미스들이 당당하게 행동할 수 있도록 하는 것이다. 이 얘기는 무라카미 하루키의 에세이 『더 스크랩』(비채, 2014)에 나오는데, 가장 재밌는 대목은 이것이다.

"짐 스미스라는 이름을 가진 사람이 겪게 되는 커다란 문제점의 하나는 가명을 쓰는 것으로 오해를 받는 일이다. 이 협회 회장인 짐 스미스 씨처럼 부인의 이름이 제인인 경우는 사태가 더욱 심각하다……. 짐 스미스라는 이름을 가진 사람 중에는 자신의 능력 이상의 것을 추구하는 타입이 많다고 한다. 이

진짜 이름은 뭐냐?

앤 셜리예요.

하지만 제발 코딜리어라고 불러주세요.

게다가 앤이란 이름은 조금도 낭만적이질 못해요.

낭만적이지 않다고?

앤이야말로 부르고 싶고, 단정한 이름이다.

부끄러워할 것 조금도 없어.

만약 앤이라 부르려거든

e자가 붙은 철자 앤으로 불러주세요.

철자법으로 그게 뭐가 크게 다르다고 그러냐?

어머! 크게 다르지 않다구요?

e자가 있는 편이 훨씬 더 멋지게 보이는걸요.

아주머니는 이름이 불리는 걸 들으면

마치 인쇄를 한 것처럼

그 글자가 눈앞으로 떠오르지 않나요?

전 떠올라요. e자가 달린 앤으로 불러주신다면

코딜리어라고 부르지 않으셔도 괜찮아요.

름이 평범하기 때문에 잠재적으로 다른 면에서 자신의 능력
을 보여주고 싶어 하는 욕망이 있기 때문이다."

앤이 자신의 이름을 'e'가 들어간 앤으로 불러달라고 한 요구는 백
번 이해가 간다. 하지만 부모님이 지어준 이름을 지킨다는 것 역
시 멋진 일이라고 생각한다. 필명과 본명 사이에서 고민하던 밤,
나는 아빠와 긴 시간 통화를 했다. 영화로울 '영'에 구슬 '옥'. 친구
들에게 영화로운 구슬이면 '드래곤 볼'이냐고 놀림받던 내 이름이
2킬로그램도 채 나가지 않은 팔삭동이 딸의 명줄을 고민한 어린
부모가 그저 오래 강건히 살았으면 좋겠다는 간절함 때문에 유명
작명가에게 받은 이름이란 걸 알게 되었다.

　이름에 '옥'자가 들어가니 내 별명도 줄곧 '옥림이', '옥경이'였지
만 '옥'자가 들어가는 이름은 어쩐지 박력 있는 여자의 기운이 느
껴진다(고 내멋대로 생각하기로 했다). 낳아주고 키워준 부모의 마
음을 읽고 나면 예쁜 이름이었고, 어찌된 일인지 나는 점점 더 내
촌스런 이름을 좋아할 수 있게 되었다.

소설가 '백모'가 아니라 '백영옥'이어서 다행이다. 앤의 이름이 그때

만약 '코딜리어'로 바뀌었다면 우리는 '빨강머리 앤'이 아니라 '빨강머리 코딜리어'라고 읽었겠지. 뭔가 이상하다. 역시 앤 쪽이 친근하고 더 좋다.

전요.
뭔가를 즐겁게 기다리는 것에
그 즐거움의 절반은 있다고 생각해요.
그 즐거움이 일어나지 않는다고 해도,
즐거움을 기다리는 동안의 기쁨이란
틀림없이 나만의 것이니까요.

더 이상 설레지 않는 사람들을 위한
그리스식 처방전

포틀랜드에 잠시 머물 때, 꽤 흥미로운 친구를 만났다. 그녀에겐 초등학교에 다니는 딸이 있었는데, 아이를 대하는 나름의 원칙이 있었다. 그녀는 한 달에 한 번 '아이스크림 데이'라는 걸 정했다. '월마트'와 '세이프 웨이'에만 가도 널린 게 아이스크림인데도 (세일 마크가 붙은 '하겐다즈' 아이스크림은 한국 가격의 반값도 되지 않는다) 그녀는 냉장고에 아이스크림을 사 넣어두지 않았던 것이다. 그녀는 한 달에 딱 한 번 집 근처 23번가의 아이스크림 가게 '솔트앤스

트로'에서 아이에게 아이스크림을 사줬다.

내가 작가라는 걸 알고, 자신이 쓰고 있는 SF 소설의 내용을 속사포처럼 설명하던 그녀의 딸은 도수가 높은 안경을 쓰고 있었다. 아이는 햇볕에 얼굴이 발갛게 탄 주근깨투성이로 스포츠를 좋아했다. 대부분의 아이들이 부모님의 차로 픽업되는 것과 달리 아이는 헬멧을 쓴 채 집에서 학교까지 자전거로 달렸다. 아이는 축구를 좋아했고, 중학생이 되면 '긱(geek)'해 보이는 게 싫어서 안경을 렌즈로 바꿀 것이란 비밀계획을 내게 진지한 얼굴로 설명했다. 그러기 위해선 하루빨리 돈을 모아야 하는데, 자신의 소설이 잘 팔릴 수 있는지 읽어봐달라고 졸라댔다.

일주일에 한 번도 아니고, 고작 한 달에 한 번밖에 아이스크림을 먹을 수 없다니! 아이에게 슬쩍 '아이스크림 데이'를 어떻게 생각하느냐고 물었더니, 아이스크림을 먹는 건 생각만으로도 흥분되는 일이란 대답이 나와서 다시 한 번, 당황했다. 호르몬 충만한 틴에이저답게 엄마에 대한 성토가 이어질 것이란 내 예상과 너무 달라서 그랬다.

적당한 결핍은 쾌락을 증폭시킨다. 그 옛날 '에피큐리언'들은 이미 다 알고 있던 지혜다. 쾌락주의는 흥청망청한 21세기에 엄청난 오해에 휩싸여 있다. 사실 쾌락주의는 절제를 통해 그것을 깊게 체험하라는 말과 같다. 꿀을 좋아하는 곰돌이 푸우가 가장 행복해하는 시간은 사실 '꿀을 먹는 시간'이 아니라 '꿀을 기대하는 시간'이다. 꽃은 활짝 피기 전이, 꿀은 먹기 전이 가장 달콤하다.

　우리는 너무 즉각적인 만족의 세계에 사는 건 아닐까? 기다림은 우리에게 결과를 떠나 과정의 즐거움을 선사한다. 오히려 만끽이라는 말은 이 설렘 뒤에만 따라오는 충만일지도 모른다.

아! 일찍 핀 들장미예요.
아! 아름다워라.
틀림없이 장미꽃으로 태어나길 잘했다고 생각하고 있을 거예요.
만약 장미꽃이 말을 할 수 있다면 얼마나 좋을까요.
분명히 매력적이고 재밌는 말만 했을 거예요······.

우리는 생각보다
불행에 강하다

2014년 여름부터 2015년 봄까지, 꽤 긴 소설의 연재가 막 끝난 후
라 나는 탈진 상태였다. 우스갯소리처럼 나는 그것을 망한 사람들
의 이야기라고 부르곤 했는데 '연재를 끝내며' 같은 글을 쓰고 나
니, 정말 그것은 망한 사람들의 이야기였다.

"사랑에 망하고, 직업에 망하고, 결혼에 망하고, 전부 망한 사
람 이야기지 뭐. 누구 한 명 자기 뜻대로 이루어지는 것 없이

전부 다 망한 슬픈 사람들 이야기야."

친구를 만나 농담처럼 한 얘기였다. 그러나 집으로 가는 내내 내가 한 말이 머릿속을 떠나지 않았었다. 그것이 곧 2014년을 견뎌야 했던 내 암울한 내면 풍경과 다르지 않다는 걸 깨달았다. 희망으로 희망을 말할 수 없는 시절을 산다는 건 어떤 일일까. 사랑을 사랑으로 말할 수 없다면, 그것의 맨 앞에는 어떤 단어들이 놓여야 하는 걸까. 그때 내가 발견한 것은 기쁨이 아니라 슬픔, 고통, 고독 같은 단어들이었다.

누군가의 죽음이 사건처럼 벌어지고, 그것이 먼 사람이었다가 가까운 사람으로 되돌아오는 모든 과정이 원근법이 사라진 풍경처럼 내겐 낯설고 두려웠다. 그런 두려움 속에서 글을 쓴다는 것 역시 쉽지 않았다. 나야말로 '그냥 망한 것'이나 다름없었다. 나는 초고를 밀어내듯 매일 연재를 했다. 소설을 쓴다는 건 이미 헤어진 연인을 한 번 더 사랑하는 일에 가까워서, 내면은 더 황량해졌다.

연재를 끝내고 빨강머리 앤과 관련된 책을 쓰기로 결심한 후 다카하타 이사오의 〈빨강머리 앤〉 50부작을 다시 보기 시작했다. 침대에 독서대를 설치해 노트북을 꽂고, 베개 서너 개를 포개어놓은 후, 반 누운 상태로 맥주를 마시면서 말이다. 살다 보면 나도 까맣게 잊고 있던 일을 옆에 있던 누군가 기억할 때가 있는데, 그날 H가 내게 이런 말을 했다.

"회사 다닐 때, 야근하고 돌아오면 넌 가끔 멍하게 그걸 보고 있었어. 피곤할 텐데 그만 자라고 말해도 괜찮다고 하면서 말이야. 새벽에 한두 편씩 보고 잠들었잖아. 조금 편안해진 얼굴로."

누구에게나 힘든 시간이 있다. 사람들은 다른 사람과의 싸움보다, 자기 자신과의 싸움이 가장 힘들다고 말하지만, 정말 그런 걸까. 회사원 10년차쯤, 나는 '지옥, 그것은 타인이다'라는 사르트르의 말을 온몸으로 절감하고 있었다. 힘들었던 어느 날인가, 나는 멍하게 앤의 이야기를 듣고 있었다. 너무 미운 사람들과, 억울한 상황들과, 다음 날 벌어질 일들을 생각하면, 나 홀로 마시는 심야의 맥주 맛은 쓰기만 했다.

앤은 마릴라와 매튜가 원하던 남자아이가 아니라서, 파양을 당하기 직전까지 몰린다. 꿈꾸던 초록지붕 집의 아이가 아니라, 달아나고 싶었던 고아원으로 되돌아가게 된 것이다. 그러나 이보다 더 절망적일 수 없는 상황에서도 앤은 말한다.

"전 이 드라이브를 마음껏 즐기기로 작정했어요. 즐기겠다고 결심만 하면, 대개 언제든지 그렇게 즐길 수가 있어요!"

그것은 앤이 마릴라에게 한 말이 아니라 힘들어하던 내게 다독여 준 말 같았다. 돌이켜보면 걱정했던 일들은 걱정만큼 실제 일어나지 않았다. 늘 '사표 전야' 같았던 날들이었지만 그런대로 그날은 제법 오래 이어져, 나는 그후로도 한동안 회사에 다닐 수 있었다. 내일 벌어질 일을 미리 걱정하지 않고, 불어오는 바람을 느끼며 봄이 왔음을 알아차리는 능력, 현자들은 그것을 현재를 살아내는 능력, 즉 '카르페 디엠(현재를 즐겨라!)'이라고 불렀다. H가 언젠가 지나가듯 내게 말했었다. 행복은 지속적인 감정이 아니기 때문에 가장 행복해지는 방법은 '큰 행복'이 아니라 '작은 행복'을 '자주' 느끼는 것이라고.

야망에는 결코 끝이 없는 것 같아.
바로 그게 야망의 제일 좋은 점이지.
하나의 목표를 이루자마자
또 다른 목표가 더 높은 곳에서 반짝이고 있잖아.
야망은 가질 값어치가 있지만 손에 넣는다는 건 쉬운 일은 아니야.
자기부정, 불안, 실망이라는
그 나름대로의 장애물을 거쳐 싸워 나가야 하는 것이니까.

마음을 물어보는
시간

니체의 『차라투스트라는 이렇게 말했다』를 읽었을 때 나는 고등학교 2학년이었다. "내 말을 믿어라! 존재의 가장 큰 수확과 가장 큰 즐거움을 거둘 수 있는 비결이다. 위험하게 살아라! 베수비오산의 산기슭에 그대들의 도시를 건설하라!" 책 안에서 만난 말은 안개처럼 모호했지만 그럼에도 불구하고 나는 푹 빠져들었다. 책이 말하는 삶이 그때 내가 살고 있는 인생과 정확히 반대였기 때문에 마음이 요동쳤다. 내 마음은 늘 이곳이 아닌 저곳을, 여기가 아닌 저기를 꿈꿨으니까.

어릴 때부터 위험은 감수하는 게 아니라, 피해야 하는 것이라고 배웠다. 취업이 잘 되는 과를 선택해야 하고, 대학에 가서 시위하면 인생 망한다는 얘기를 귀에 딱지가 앉게 들었다. 인생의 많은 것들은 '예측 가능'하고, '예방'할 수 있다고 믿고 자랐다. 매해 건강 진단을 받고, 콜레스테롤 수치와 혈압을 관리하고, 다양한 보험에 가입하면 내 삶이 안전해질 줄 알았다. 스물한두 살에는 먼 나라로 배낭여행을 떠나고, 대학을 졸업하면 취업을 하고, 서른이 되기 전에 결혼을 하면 내 삶이 완벽해질 줄 알았다.

나는 삶을 통제 가능한 것으로 만들기 위해 부단히 애썼다. 결과는? 대실패였다. 이렇게나 열심히 하는데 이렇게나 되는 일이 없어도 될까 싶었다. 생각해보니 나의 20대는 그런 시간이었다. 싹이 나든 나지 않든 무조건 땅을 파고, 씨앗을 뿌리고, 뿌리고, 또 뿌리며 싹이 나오길 기다리던 막막한 시간들.

삶은 알 수 없는 것투성이였다. 한때 안다고 생각했던 많은 것들. 사랑, 선택, 집착, 성공 같은 말들의 의미가 조금씩 다 흔들렸다. 야망 역시 그렇다. 앤이 말한 야망은 어쩌면 위험하게 사는 삶의 긴장 같은 것이었을지 모른다. 조금씩이라도 한 걸음, 한 걸음

앞으로 내딛게 만드는 자발적 욕망 같은 것. 그런 야망을 가지고 하나의 목표를 이루고, 또 다른 목표를 향해 나아간다는 건 건강한 일일 것이다. 그러나 우리는 세상이 규정한 좋은 삶에 맞춰 인생 플랜을 만들고, 하나의 과제를 완성할 때마다 타인의 칭찬 스티커를 붙여 자신을 독려한다. 도식적으로 학업으로만 야망을 제한해보면, 국제중 다음에는 외고, 명문대, 대기업, 임원 승진 정도의 순서인 걸까.

하지만 평생 산 위의 꼭대기를 바라보고 오직 정상에 오르는 것을 목표로 걸어간 사람에겐 보이지 않는 세계가 있다. 천천히 걸었을 때에야 비로소 보이는 세상 말이다. 천천히 걸으면 활짝 핀 꽃도 시든 꽃도 볼 수 있다. 주위를 두리번거려야 비로소 계절을 알아볼 수 있다. 우리의 삶을 거대한 숲에 비유하면, 정상만을 보고 오르는 사람은 건너편 산의 단풍이 얼마나 아름다운지, 비가 내린 후의 하늘이 어떻게 달라지는지, 이끼 위로 돋아난 버섯의 삿갓이 얼마나 예쁜지 보지 못한다. '꿈은 이루어진다'는 말보다 중요한 건 '꿈을 이루기 위해 내가 오늘 해야 할 일이 무엇인가를 아는 일'이다. 세상을 천천히 응시하는 일은 나의 마음을 꼼꼼히 읽는 일이기도 하다. '내가 하고 싶어 하는 일'이 정말로 '나의 야망'인가를 들여다보는 일이다. 나도 모르게, 다른 사람들의 시선에 몰려 쫓기듯 하고 있는 일을 자기 의욕으로 착각하고 나를 소진시키고 있는 것은 아닌지 물어보는 일이다.

삶을 야구에 비유하면, 나는 이제 홈런을 치겠다는 야망보다는 출루율을 높이기 위해 연습을 거르지 않는 선수가 되고 싶다. 살면서 중요한 건 어쩌면 타율이 아니라 출루율일지도 모른다. 살다보면 좋은 볼을 보고 '안타'를 욕심내기보다, 먼저 출루해 나간 사람을 위해 '번트'를 쳐야 하는 경우도 있기 때문이다. 중요한 건 '안타' 찬스에 '번트'를 칠 수 있는 선수는 다른 사람이 보지 못한 더 큰 세계를 볼 수 있는 사람이라는 것이다. 나무가 아니라 숲을 보는 사람은 종종 다른 사람이 내리지 못하는 판단을 하기도 한다. 야망의 기준이 '나'에서 '우리'로 확장되는 것이다.

아침이라는
리셋 버튼

『인생을 두 배로 사는 아침형 인간』이라는 책이 한창 유행했을 때, 충격을 받았다. 드디어 모호하기만 했던 내 실패의 이유가 규명되는 것 같았기 때문이다. 신춘문예에 줄줄이 낙방하고, 면접에서 자주 떨어지고, 연애에 종종 실패하고, 남자에게 매번 차인 이유가 결국 내가 '아침형 인간'이 아니어서 그런 것 같았다. 그 책에 따르면 나는 '인생을 1/2로 사는 저녁형 인간'이었던 것이다. 그때 내가 이 책을 어찌나 자세히 읽었던지, 오래전 책이지만 코멘트까지 덧

저요, 오늘 아침엔 절망의 구렁텅이에 빠져 있지 않아요.
아침부터 그런 절망의 구렁텅이에 빠져 있어야 되겠어요?
아침이 있다는 건 참 좋은 일이에요!

붙인 메모가 한가득이었다.

- 예를 들어 같은 8시간이라 해도 밤 10시~아침 6시 사이의 수면이 새벽 5시~낮 1시 사이의 수면보다 훨씬 알찬 수면인 것이다. (오전 5시에나 잠드는 버릇! 내가 망한 결정적 이유!)
- 야행성 인간에서 아침형 인간으로의 변화를 달리 표현하면, 시간에 쫓기는 삶에서 시간을 지배하는 삶으로 옮아가는 것을 의미한다. (시간을 지배 못 한 1인! 내가 망한 첫 번째 이유!)
- 사람들은 보통 하루를 아침-낮-밤으로 구분지어 생각한다. 하지만 그는 하루를 '이른 아침-아침-낮-밤'으로 구분짓는다. 이것이 그의 1일 4분론이다. (내가 망한 핵심 이유!)

이야기의 핵심은 결국 내게 아침이 없었다는 것이다. 나는 아침의 빛보다는 밤의 어둠을 편애하며, 영감이란 대낮부터 찾아오지 않는다는 편견으로 똘똘 뭉친 예술가 지망생이었다. "일찍 일어난 새가 일찍 존다." 같은 말로 자기합리화를 시도하며 아침마다 침대와 혼연일체가 되어, 만원 지하철에서도 서서 졸았던 것이다. 아침잠

많고, 작심삼일을 반복하고, 고생 끝에 낙 아닌 병 온다고 생각하는 나 같은 사람에게 실패는 따놓은 당상이었다.

그런데 작가가 되고 10년이 흐른 지금, '밤의 영감'을 숭배하던 내게 '대낮의 성실함'이란 새로운 감각이 생겼다. 영감에 사로잡혀 벼락같이 대작을 쓰겠다는 생각이 얼마나 한심한 것인지도 알게 됐다. 글은 절대 그런 식으로 쓰이지 않는다(작가의 첫 책은 그렇게 써질 수도 있다. 사실 나는 첫 장편소설 『스타일』을 두 주 만에 썼다. 하지만 그런 행운은 두 번 다시 오지 않았다). 글이란 건 어쩌면 맛없는 건강식을 먹듯 '꾸역꾸역' 메우며 쓰는 것이다. 만일 작심삼일을 반복하며 체념하는 성격이라면, 3일마다 새로 시작하면 된다.

이제 나는 기적을 믿지 않는다. 그러므로 불멸의 역작을 쓰길 바라기보다, 차라리 내가 할 수 있는 일을 매일 할 수 있게 해달라고 기도한다. 매일 쓰고, 매일 읽는 사람이게 해달라고 말이다. 타르코프스키가 그의 영화 〈희생〉에서 말한 것도 그런 것이다. 화장실 변기 안에 물 한 컵을 붓는 사소한 행위조차 매일 하는 것에는 신성함이 깃든다.

사람은 결코 변하지 않는 게 아니다. 사람은 다만 천천히 변한다. 어떤 것도 영원히 머물지 않는다. 살아 있는 모든 것은 다른 곳으로 이동 중이라는 걸 알게 해준 건 다른 사람이 아닌 나 자신이었다. 일이 잘 안 풀리면 나는 일단 잠을 잔다. 아침이 된다고 문제가 해결되는 건 아니다. 하지만 밤의 걱정은 대부분 사라진다. 어제 했던 어떤 걱정은 8시간 후에 깨어보면, 더 이상 걱정거리가 아니었다. 마음 먹기에 따라 중요한 사건이 사소한 일로 바뀌기도 했다. '앤'의 말에 덧붙인다면 아침이 있다는 건, 매일 새로운 시작을 다짐할 수 있다는 말과 같다.

내일은 내일의 태양이 떠오른다는 말. 위안이 되는 말이다. 어떤 일이 벌어질지 모르는 내일을 견딜 수 있는 이유는 아침이 있기 때문이 아닐까. 리셋 버튼을 누르듯 아침을 꾹 누르면, 뭔가 다시 시작되는 기분이 드니까 말이다. 나는 여전히 아침형 인간이 되지 못했다. 하지만 이젠 밤보다 아침이 두 배가 아니라 열 배쯤 더 좋다.

'아무래도 싫은 사람'

패키지 투어

몇 년 전, 홍콩에 취재 여행을 갔을 때, 그곳 관광청 직원에게 하즈웨이 베이 근처, 보링턴 다리 밑에서 일한다는 '홍콩의 때리는 할매'(이건 내가 편의상 지은 말)에 대한 얘길 들었다. 할머니는 우리나라로 치면 지금은 사라진 청계천 고가도로 밑에 작은 사당을 차려놓고 '절찬 영업 중'이었다.

바닥에 어지럽게 놓인 과일과 꽃, 향이 여러 개 꽂힌 단지들이 놓여 있는 그곳을 걷는 동안 묘한 기분이 들었다. 각자의 신을 모시는 할머니들은 미워 죽겠는 사람, 즉 나를 힘들게 하는 사람을 대신 때려주는 사람들이었다. 할머니가 내게 물었다.

"미워하는 사람의 이름을 말해봐."

나는 잠시 망설였다. 당시 내겐 '가장 미운 사람'의 카테고리에 들어갈 딱 한 명이 존재하지 않았다. 평화시대라고 말할 법한 시절이었다. 하지만 어렵게 찾아간 마당이니, 생각나는 대로 한 명의 이름을 적었다. 좋아하려고 노력했지만 끝내 좋아할 수 없었던 어떤 사람의 이름이었다.

미워하는 사람의 이름을 말하면 할머니가 먼저 부적을 그린다. 그리고 미워하는 사람의 이름을 적은 그 부적을 귀퉁이가 닳아빠진 벽돌 위에 올려놓고 때리기 시작하는 것으로 다리 밑 제의가 시작된다. 이때 할머니들이 때리는 도구로 이용하는 건 놀랍게도 헌 신발. 어찌나 두들겨 댔는지 신발 뒤축이 너덜너덜해져 있었다.

머리가 하얗게 세고 허리가 구부정한 노인이라 부적을 대충 때릴 것이라 생각하면 오산이다. 어디서 그런 괴력이 나오는지, 할머니는 5분을 넘게 부적 여기저기를 이리저리 두들기고 그야말로 입이 떡 벌어질 정도의 누더기로 만들었다. 사실 신발 뒤축으로 때리기만 하는 것도 아니다. 때리는 동시에 쉬지 않고 뭔가를 중얼중

삐쩍 마른 말라깽이에 얼굴이 참 못생겼구먼.
어머나! 거기다 주근깨투성이야.
또 머리는 왜 이렇게 빨갛지?
머리가 마치 홍당무 같잖아.

저요.
아주머니처럼 야비하고 무례하고
인정머리 없는 사람은 본 적이 없어요.
어떻게 남을 그렇게까지 말할 수 있어요?
만일 아주머니에게 이렇게 말하면 기분이 어떻겠어요?
너무너무 뚱뚱해서 볼품없고,
상상력이라곤 한 조각도 없어 보인다고 하면,
마음이 어떻겠냐고요!

얼대기 시작하는데, 아마도 '그만 괴롭혀라', '떨어져라', '자꾸 그러면 혼을 내겠다'는 식의 주문들을 외는 것 같았다.

할머니가 그렇게 두들겨 패 너덜대는 부적을 호랑이 인형에 넣어 술떡을 먹여 태우는 장면은 내게 기이할 정도의 위로를 주었다. 미워하던 사람이 내 마음속에서 멀리 사라지는 것 같은 기분마저 들었다. 그해, 때리는 할매를 만났던 일은 홍콩의 그 어떤 브랜드 숍이나 레스토랑보다도 내게 인상적이었다.

"삐쩍 마른 말라깽이에 얼굴이 참 못생겼구먼!"

거리낌 없이 직설을 퍼붓는 린드 아줌마 같은 사람은 어디에나 존재한다. 솔직하게 자기 의견을 말하는 게 건강하다고 믿는 부류들 말이다. 이런 사람들이 한결같이 주장하는 게 '나는 뒤끝은 없다'라는 것인데, 사실 자기가 하고 싶은 말을 다 해버리는 사람들에게 뒤끝이 있을 리 없다. 무례하긴 해도, 앤이 린드 아주머니에게 화를 내는 장면은 통쾌하기만 하다. 부당함에 대응해 화를 낸다는 게 요즘 같은 세상에서 얼마나 어려운가. 화를 내지 않는 게 매너를 넘어 약자들에게만 요구되는 부당한 감정 노동이 된 세상이다. 별것도 아닌 것에 참았던 화가 폭발하는 '분노장애'를 겪는 사람들이 많다는 건, 제대로 화를 낼 수 없는 세상이 만든 부작용이다.

우리는 분노의 건강한 기능을 거세당하거나, 상실한 채 살아간다. 마음의 응어리를 풀지 않고 놔두면, 그것이 남기는 무의식의 상처는 꽤 오랫동안 자신을 괴롭힌다. 화를 내야 할 상대에게 분출하지 못한 짜증은 마치 중금속처럼 우리 몸속에 차곡차곡 불순물로 축적된다. 짜증이나 신경질의 화살은 결국 나를 향하기 때문에 살아가면서 화를 내는 방법을 터득하는 것은 중요하다. 참은 방귀가 독하다는 말이 괜한 말이 아닌 것이다. 한 신부님은 자신의 사제실에 샌드백을 걸어놓고 화가 날 때마다 두들겼다는 고백을 했다. 용서의 화신인 신부님도 그럴진대 우리 같은 보통 사람들이야, 말을 말자.

술자리에서 '홍콩의 때리는 할매' 얘길 하다가, 홍콩 관련 여행 패키지 하나를 새롭게 만들면 재밌겠다고 생각했다. 이름하여 '아무래도 싫은 사람 패키지'. 사표를 내고 싶을 정도로 미운 사람을 뒤로 한 채 '빅 세일' 중인 홍콩 쇼핑몰을 돌며 1차 힐링. 맛집 천국인 식당을 돌며 2차 힐링. 홍콩의 소원 비는 사원들을 돌며 나쁜 사람의 '폭망'과 나의 '대박'을 비는 것으로 3차 힐링. 마지막 하즈웨이 베이 근처 할머니들에게 찾아가 '아무래도 싫은 그 사람'

을 마구 두들겨 패고, 마음속에서 멀리 날려버리는 것으로 4차 힐링하는 것이다. 여행사 직원이라면 나는 이런 심신치유 패키지 상품부터 만들 것 같다. 절대! 농담이 아니다.

너는
꽃!

〈마음이 고와야지〉의 노래 가사에는 '마음이 고와야지 여자지, 얼굴만 예쁘다고 여자냐~'라는 말이 무한 반복된다. 하지만 내가 다녔던 패션지에서 이렇게 생각하는 사람은 한 명도 없었다. 여자보다 예쁜 남자가 가득한 그곳에서 스타일은 정말 중요하기 때문이다. 앤의 스타일은 한결같다. 그러나 그녀에겐 확실한 장점이 있다. 바로 '말라깽이'라는 것.

 그런데 아주머니. 제 머리가 정말 금발이 될까요?

너무 자기 용모만을 생각하면 못써요.
너 그러다가 허영덩어리가 될 수도 있다.

자기가 못생겼다는 걸 아는데 어떻게 허영덩어리가 되겠어요?
전 그저 아름다운 걸 좋아하는 것뿐이라고요.

마음이 아름다우면 용모 또한 아름다운 법이라고 하지 않니?

"체 게바라의 혁명 정신도 스타벅스의 카페라테처럼 테이크아
웃할 수 있다고 믿는 이 시대에 혁명이란 몸 사이즈가 66에서
44로 줄어들거나, 키가 160에서 170으로 늘어나는 일뿐이
다……. 만약 여자들에게 진짜 혁명이란 게 일어난다면 그건
이 지구상에서 빌어먹을 '다이어트' 따위가 영영 사라져버리
는 일뿐일 거다. 그래서 뚱뚱한 여자들이 득세하거나, 납작한
가슴을 가진 여자들이 활개치고 다니는 시대가 오는 것이다.
그런 세상이 온다면 가슴 큰 여자들은 가슴 작은 여자들을
질투하다 성형외과 의사에게 이렇게 외치겠지. 제발. 무식하게
큰 제 C컵을 예쁘고 아담한 A컵으로 바꿔주세요!"

2008년 패션지 에디터들의 취재 현장을 다룬 소설 『스타일』(예담,
2013)을 썼을 때, 나는 이미 패션지를 떠난 후였다. 킬힐을 신고도
100미터를 전력 질주할 수 있던 체력은 방전된 상태였고, 마스카
라를 칠하는 메이크업은 포기한 지 오래였다. 첫 산문집의 제목이
어쩌다보니 『마놀로 블라닉 신고 산책하기』였지만, 정작 내 신발장
안에는 마놀로 블라닉은커녕 그 비슷한 구두도 없었다.

　나처럼 패션지 에디터로 일하면서 『마놀로 블라닉 신고 산책하

기』 같은 책을 내고, 『스타일』 같은 장편을 쓰면, 당연히 그 사람은 외모에 엄청 신경 쓰는 사람이겠구나 생각하기 쉽다. 이미지는 언제나 나 자신보다 힘이 세기 때문이다. 그건 자신과 다른 이미지의 캐릭터를 연기한 배우에게 전혀 다른 자아가 생겨서, 영영 그 배역 뒤를 쫓아다니는 것과 비슷하다.

요즘같이 외모가 중요한 시대에 겉모습은 상관없다고 말하고 싶지 않다. 그건 사실도 아니고, 솔직한 말도 아니기 때문이다. 그렇다면 대체 자신만의 스타일을 만들려면 어떻게 해야 하나. 나 같은 사람에게 스타일에 대해 묻는다면, 가장 쉬운 방법을 말해주고 싶긴 하다.

"그냥 계속 자기가 가장 좋아하는 '그걸' 입으세요. 가장 중요한 건 '자주'보다 조금 더 '자주' 입어서 마치 '매일' 입는 것처럼 보이는 겁니다."

말장난처럼 들릴 수 있겠다. 하지만 스타일은 반복하면 생긴다. 정말이다! 노홍철은 반복해서 알록달록한 롤리팝 같은 옷만 입고, 앙드레 김은 하얀 옷만을 고집했다. 살아생전 그가 하루에도 몇 번씩 같은 옷을 갈아입었던 건, 그 눈부신 흰빛을 구겨지지 않게 입기 위해서였다. 내가 아는 가장 옷 잘 입는 한 디자이너는 같은 타입의 뿔테 안경만 돌려가며 쓴다. 우리의 빨강머리 소녀 역시 (본인이 원해서 그런 건 아니지만) 자기만의 분명한 스타일이 있는데, 그건 부풀지 않은 소매의 회색 원피스와 흰색 에이프런이다.

나는 매일 선글라스를 낀다. 낮에만 끼는 게 아니라, 밤에도 낀다. 처음엔 다들 의아해하더니, 20년쯤 그렇게 하다 보니 다들 그러려니 한다. 사실 선글라스는 내게 패션이 아니라 생존 용품이다. 햇빛에 유난히 약한 시신경과 햇빛 알러지 때문인 것이다. 하지만 20년 가까이 줄기차게 끼고 다녔더니, 어느새 스타일이 되었다.

나는 한때, 미인이 되는 건 예쁜 꽃이 되는 일이라고 생각했다. 기왕이면 장미나 튤립처럼 우아하고 청초한 꽃 말이다. 하지만 이젠 아름다움이 그렇게 완성되는 게 아니란 걸 안다. 어떤 꽃이 되느냐는 사실 생각만큼 중요한 일이 아니기 때문이다. 시들어빠진 장미나 말라버린 튤립을 아름답다고 말할 수 있을까. 정말 중요한 건 할미꽃이든 호박꽃이든 활짝 피어나는 것이다.

앤의 바람은 애초에 잘못된 것이다. 빨강머리가 갑자기 금발이 되는 일은 일어나지 않기 때문이다. 장미가 백합이 되거나, 백합이 수국이 되는 일은 생기지 않는다. 참새가 독수리가 될 수 없듯이 말이다. 그렇다면 우리는 참새라서 슬픈 상태로, 저 하늘의 독수리를 바라보며 살아야 할까. 내가 좋아하는 홍성남 신부님은 언젠가 내게 이런 말을 했다.

"민들레고 제비꽃이라도 그것이 시들고, 활짝 피고는 자신에게 달려 있어요. 닭이 독수리가 되는 게 아니고, 새장 속을 나와 하늘 높이 나는 게 나는 구원이라고 생각해요. 자기가 장미가 아니라고 왜 슬퍼합니까? 어쨌든 꽃이잖아요. 꽃이라는 자부심을 갖는 게 중요한 거죠. 우리 같은 신부들이 하는 일은 그 꽃이 뭔지 알려주고 사람들을 꽃 피우게 해주는 거예요."

어떤 꽃은 4월에 피고, 어떤 꽃은 9월에 피어난다. 잎이 피고 꽃이 피는 철쭉도 있고, 꽃이 먼저 피고 잎이 피는 진달래도 있다. 심지어 비슷해 보이는 철쭉과 진달래조차 그것이 피고 지는 순서가 다른 것이다. 우리 또한 그런 게 아닐까. 내가 어떤 꽃인지 아는 게 중요하고, 활짝 피어나기 위해 노력하는 게 더 소중한 것이다. 아침, 공원을 산책하다가 싱싱하게 이슬을 머금고 활짝 피어난 제비꽃을 보았다. 제비꽃이라 더할 나위 없이 아름다웠다. 빨강머리 나의 앤처럼.

영혼이 닮은 사람이 그렇게 드물지는 않은 것 같아요.
나와 영혼이 닮은 사람이 이 세상에 많다는 건 정말 근사해요.

혼자 있기를 좋아한다는 말은,

같이 있음을 전제하기에 가능한 말이다.

우리에게 필요한 건 사랑이든 우정이든

'떠날 필요가 없는 관계'를 만드는 것이다.

떠날 필요가 없다는 건 무슨 뜻일까.

어쩌면 그것은

진짜이기 때문에 일어나는 기적인지도 모르겠다.

고독을
좋아한다는
거짓말

신기하지 않아요?
누군가를 기쁘게 해주려고
무엇이든 할 수 있다는 게 말이에요!

고독을 좋아한다는
거짓말

영화 〈캐스트 어웨이〉에서 아무도 없는 섬에 불시착한 톰 행크스
는 어쩌다 우연히 굴러 들어온 배구공에 '윌슨'이란 이름을 붙인
다. 그는 배구공에 눈과 코, 웃는 입을 그리고 불꽃 머리카락을 그
린다. 그리고 태어나서 그 누구에게도 하지 않았던 이야기를 윌슨
에게 한다.

앤은 얼마나 외로웠으면 깨진 책장 유리창에 비친 자신의 얼굴
에 '캐시 모리스'라는 이름을 붙였을까. 세상에서 가장 기이한 친

구의 존재는 소설 『파이 이야기』에도 나온다. 망망대해에서 커다란 뱅골 호랑이와 단둘이 작은 구조용 보트에 남게 된 소년은 자신을 언제 잡아먹을지 모르는 호랑이에게 이름을 붙이고(호랑이의 이름은 '리처드 파커'다) 그를 친구로 만든다. 먹을 것, 마실 것이 부족한 배 안에서 호랑이와 인간의 우정이 가능하기나 한 것인가. 이 책은 그것이 '가능할 수도 있다'는 것을 보여준다.

배가 극적으로 구조되어 호랑이와 헤어지기 직전, 소년은 그만 엉엉 울어버린다. 살아남았다는 감격 때문이 아니었다. 그 작은 배에서, 일곱 달 넘게 함께했던 리처드 파커가 뒤도 안 돌아보고 자신을 떠나버렸기 때문이었다. 살아남았다는 감격보다 정들었던 친구가 자신에게 인사도 없이 떠나버렸다는 사실 때문에, 아이는 다시 한 번 상처 받는다. 인간은 그만큼 관계를 통해 자신의 정체성을 확인하는 고도로 사회화된 존재인 것이다.

마음의 친구는 어떤 존재일까. 과연 어린 시절의 우정이 가장 순수한 관계일까.

어린 시절의 우정이 꼭 마음의 친구로 이어지는 건 아니다. 살면서 자연스레 끊어지거나 소원해지는 관계도 많고, 새롭게 맺어지는 관계들은 점점 더 늘어나기 때문이다. 세상엔 생각보다 다양한

전 유리문에 비친 자신의 모습을
그 속에 살고 있는 예쁜 여자아이라고 상상하곤 했던 거예요.
전 그 아이에게 캐시 모리스라고 이름을 붙이고
우린 아주 사이좋게 지냈어요.

특히 일요일 같을 때는 몇 시간이고 캐시와 얘길 했어요.
전 있는 그대로 모든 걸 캐시에게 털어놨어요.
캐시가 있어서 여간 다행인 게 아니었어요.

우정이 존재한다. 자신보다 50살이나 많은 문방구 할아버지가 친구인 아이도 있고, 특정한 시간이 되면 햇볕을 쏘이러 나타나는 외눈박이 길고양이가 친구인 아이도 있다. 조숙하고 외로운 유년기를 보냈던 내 친구는 또래가 아니라, 학교 도서관에 꽂혀 있던 소설 속의 주인공들이었다. 꼭 또래의 인간 친구와 우정을 나눠야만 외롭지 않다는 건 오래된 편견일 수도 있다.

혼자 있기를 좋아한다는 말은, 같이 있음을 전제하기에 가능한 말이다. 이쯤 되면 이런 질문도 해봄직하다. 우리에겐 대체 몇 명의 진짜 친구가 필요한 걸까? 흥미롭게도 마지막 질문에 숫자로 대답한 사람이 있다. 옥스퍼드 대학의 진화생물학 교수인 로빈 던바는 진짜 친구의 수는 최대 150명이라고 여러 실험을 통해 밝혀냈다. 이것이 그 유명한 '던바의 수'다. 내 페이스북의 친구는 몇 명인가? 인스타그램의 친구 숫자는? 핸드폰 안에 친구의 숫자는? 150이라는 숫자는 우리에게 많은 것을 암시한다.

누군가와 관계를 시작하는 능력과 그것을 지속시키는 능력은 사실 전혀 별개의 능력이다. 우리에게 필요한 건 사랑이든 우정이든 '떠날 필요가 없는 관계'를 만드는 것이다. 떠날 필요가 없다는 건 무슨 뜻일까. 어쩌면 그것은 진짜이기 때문에 일어나는 기적인지도 모르겠다. 사랑을 가장한 욕망, 우정으로 포장된 필요가 아니라 진짜 감정 말이다. 나는 종종 그런 관계를 꿈꾼다. 모든 곳에 있고, 어디에도 없는 관계. 그리하여 우리 각자의 영혼을 자유롭게 하는 관계를.

고백의
여왕

고백의 여왕. 앤에게 또 다른 별명을 붙인다면 그렇게 부르겠다. 앤
은 마릴라의 자수정 브로치를 훔쳤다는 누명을 쓴다. 억울해 죽을
지경이지만 죄를 인정하지 않으면 절대 소풍에 보내주지 않겠다는
마릴라의 엄포에 하지도 않은 일을 꾸며 말하는 거짓 고백을 단행
한다. 태어나서 한 번도 먹어보지 못한 아이스크림이 너무 먹고 싶
어서였다.

  꿀단지의 뚜껑을 덮어 놓으라는 마릴라의 말을 잊었다가, 아침

에 단지 안에 쥐가 빠진 걸 보고 기겁하며 건져낸 사건도 있다. 물론 앤은 시치미 떼고 있다가 아무것도 모르는 아줌마가 손님들에게 쥐가 빠진 꿀을 다시 내어놓으려고 하자 양심에 가책을 느끼며 고백한다.

다이애나의 친척 할머니인 조세핀에게도 앤은 마침내 고백을 하고야 마는데, 그 할머니는 까칠하기로 유명해서 손녀인 다이애나도 어려워할 정도다. 앤은 평소 손님용 침대에서 자는 로망을 갖고 있었다. 결국 다이애나의 집에 초대받자 허락도 받지 않고 손님용 침대 위에 점핑하는 모험을 감행하는데, 하필 그때 침대 안에는 조세핀 할머니가 자고 있었다. 다이애나의 음악 수업료를 대신 지불하고 있던 할머니가 '조신하지 않은 아이에게 음악 수업료를 지불할 이유가 없다!'고 엄포를 놓자, 앤은 "고백하는 거라면 다행히 경험이 많으니까!"라고 외치며 할머니에게 자신의 죄를 고백한다.

사실 앤의 고백은 대부분 '사과'다. 앤의 사과는 천진하기까지 한데, "전 야단을 많이 맞았기 때문에 다이애나보다는 훨씬 더 잘 견딜 수 있어요!"라고 말하는 아이를 끝까지 혼낼 어른은 별로 없을 거다. 앤은 다이애나가 자신 때문에 더 이상 음악 수업을 듣지 못하게 될까 봐 마음이 조마조마하다. 누군가를 깊이 사랑한다는

만약 누군가 야단을 쳐야 한다면,
절 야단쳐주세요.
전 야단을 많이 맞았기 때문에
다이애나보다 훨씬 더 잘 견딜 수 있다고요!

건 그토록 두려운 일이다.

고백을 예술로 승화시킨 사람 중 하나는 토크쇼의 여왕 '오프라 윈프리'다. 그녀는 자신의 토크쇼에서 어린 시절 사촌에게 성폭행당했다는 사실을 고백한다. 마약을 복용했던 경험, 유산의 경험, 이혼과 실패한 다이어트에 대해 고백한다. 하지만 두려움 속에서 고백한 이 행동이 그녀를 살린다. 고백이 치유로 이어진 것이다.

흥미로운 건, 실제 고백 이후 그녀의 삶이 변했다는 것이다. 뚱뚱한 아줌마였던 오프라 윈프리는 이전에 비해 날씬해졌고, 아름다워졌으며, 그녀의 권위는 날로 높아져 방송과 출판계까지 뒤흔들었다. 그녀는 고백의 힘을 상징적으로 보여주는 인물이다.

고백은 용기를 필요로 하는 일이다. 그것이 알려지면 겪게 될 고난의 크기에 비례해 두려움이 커지기 때문이다. 앤은 고백과 함께 성장한 캐릭터다. 그녀가 저지른 실수의 목록이 늘어날 때마다 고백의 리스트 역시 늘어났지만, 바로 그렇기 때문에 그녀는 점점 더 성숙해질 수 있었다.

앤의 솔직한 고백에 감동받은 조세핀 할머니는 언젠가 샬롯 시에 있는 자신의 집 손님용 침대에서 앤을 재워주겠단 약속까지 한다. 어쩌면 고백은 '말'보다 '태도'가 더 중요한 것인지 모른다. 사랑한다고 고백하고 싶다면 '사랑한다!'는 메시지보다 언제, 어떤 방식으로, 그것에 진심을 담아 상대에게 전달할 것인지 고민하는 게 더 중요하다. '미안하다'는 말 역시 마찬가지다. 태도는 곧 행동이다. 고백은 말로 하는 것이 아니라 몸으로 하는 것이다. 진심을 다해서!

사랑에
빠진다면

서른을 넘긴 즈음, 인생의 경로를 바꿔야겠다고 진지하게 고민했다. 여러 번 소설 공모전에 떨어지면서 절망 끝에 선택한 결정이었다. 말하자면 직장 생활 10년 차가 되어갈 즈음, '아무것도 하지 않고 오직 글을 쓰는 작가로 살고 싶다'는 내 바람이 실로 허황된 꿈이 아니었나란 생각에 사로잡혔다. 삶은 내가 원하던 것과 늘 다른 식의 선택을 요구했다.

이때, 자기합리화란 참 유용한 것이다. 이렇게 생각했었다. 요리

고독을 좋아한다는
거짓말

를 하다가 칼에 손가락을 베이는 일이나, 책을 읽다가 새 책에 손등을 베이는 일은 똑같이 아플 것이다. 어차피 사는 건 상처를, 굴욕을, 멀어지는 꿈을 감당해내는 일이다. 요리를 하면서 글을 쓰는 사람이 된다면, 그것도 나름 의미 있을 것이란 자기 위안이었다. 그때부터 요리학교에 입학하기 위해 준비했다. 물론 삶은 예상과는 달라서, 요리학교 입학 대신 엉뚱하게도 패션지에 취직하고 말았지만.

순전히 내 경험에 의하면, 기자란 소설을 쓰는 '대신' 소설가를 인터뷰하고, 요리를 만드는 '대신' 요리사를 만나서 집요하게 질문하는 직업이다. '대신'이라는 말은 폄훼의 말이 아니라 전문가와 독자를 잇는 가교 같은 것을 의미한다. 하지만 그때 나는 뭔가 본질에 이르지 못한 채 공중에 붕 뜬 분위기로 살았다. 그런 느낌을 스스로 부정하기 위해 정신없이 일하던 때이기도 했다.

레스토랑 담당 기자였던 나는 좋다는 곳, 맛있다는 식당은 전부 들락거렸다. 테이블이 하나인 '원 테이블 레스토랑'을 취재하기도 했고, D-34일이라고 적힌 숫자가 유일한 장식인 서너 평 남짓의 레스토랑에서 밥을 먹기도 했다. 정해진 기간에만 레스토랑을 오픈하고 닫는 '팝업 스토어' 형식의 레스토랑이었다.

요리 체험기를 쓰기 위해 강습에도 참여했다. 내가 처음 만든 초콜릿은 요리학교 '코르동 블루'에서 만든 트러플이었다. 초콜릿 안에 달콤한 초콜릿 크림을 잔뜩 넣고 그 위에 코코아 파우더를 뿌린 것 말이다.

그 시절, 나는 멀티태스킹이 무엇인지를 온몸으로 실천하면서 살았다. 원고를 빨리('잘'이 아니라 '빨리'!) 쓴다는 이유로 수많은 단신 기사(신작영화, 책, 전시 리뷰들)를 쓰면서, 시도 때도 없이 걸려 오는 전화를 받고, 인터뷰를 위해 90분짜리 영화를 9분 만에 압축해보는 신공을 발휘해야 했고, 밤이면 부엌 한구석에 앉아 졸다가 한 문장에 오타가 서너 개 이상 나오는 엉터리 소설을 쓰느라, 매일매일이 지치고 피곤했다. 레스토랑 담당 기자였지만 정작 즉석밥과 컵라면이 없으면 생존이 불가능한 삶이었으니, 말을 말자.

내 생일을 챙긴 적이 없다. 밸런타인데이 때 남자친구에게 초콜릿을 준 적도 없다. 딱 한 번, 애인에게 초콜릿 비슷한 걸 준 적이 있었(다)는데, 그것 역시 그의 탁월한 기억력 덕분에 알게 된 사실이었다.

"너, 밸런타인데이 때 나한테 뭘 줬는지 알아? 그때가 우리가 연애한 지 2년쯤 되던 때였는데……."

"내가 뭘 주긴 했어?"

"초. 콜. 릿. 초콜릿을 줬지."

"난 기억이 안 나는데?"

"말 그대로 '초콜릿'이라고 써서 보냈어. 문자 메시지로. 그거 보고 내가 얼마나 웃었는지 알아?"

나는, 전혀, 기억이 안 났다. 하지만 그는 기억하고 있었다. '코르동 블루'에서 초콜릿을 처음 만들던 날, 나는 그때의 일을 기억하며 그에게 초콜릿 선물을 가져갔다. 푸른색 리본으로 직접 포장도 했다. 물론 그날은 밸런타인데이가 아니었고, 그 어떤 기념일도 아닌, 그냥 내가 처음 초콜릿을 만든 날이었다. 하지만 한 달쯤의 시간이 지난 후, 지나가듯 그가 내게 한 말을 나는 아직까지 잊을 수가 없다.

"난 그때, 네가 내 생일 기억하고 초콜릿을 선물로 준비한 건 줄 알았어. 하하하."

6월 7일. 생각해보니, 그날은 그의 생일이었다. 그의 웃음소리를 듣다가 나는 화장실로 달려갔는데, 왈칵 눈물이 나와서 그랬다. "저녁 뭐 먹을까? 너 내일 야근하지?"라고 말하는 익숙한 목소리를 듣다가, 결국 나는 소리 내어 엉엉 울고 말았다.

그는 이제 내 남자친구가 아니라, 매일매일이 전쟁인 아내를 둔 남편이 되어 있었다. 너무 화가 나면 사표를 못 찾을까 봐, 바탕화면에 사표양식을 집어넣은 내 후배처럼 나는 매일이 전투였다. 나는 봉두난발로 출근하느라 아침 밥상은 고사하고, 누구의 생일도 잊고 넘어가는 무정한 아내가 되어 있었다. 내가 작가가 된 후, 그는 아내의 엉망진창인 초고를 제일 먼저 읽는 볼모가 되었다. 언젠가 2천 매가 넘는 원고를 읽다가, 원고 뭉치를 테이블 위에 턱! 놓으며 그가 푸념처럼 했던 말이 떠오른다.

"다음에 태어날 땐, 시인의 남편으로 태어나고 싶다!"

앤에게 '매튜' 아저씨가 있어서 얼마나 다행인지 모르겠다. 처음 만든 초코 케이크의 점수를 묻는 앤의 눈동자가 반짝거릴 때, 매튜는 '백 점'이라고 말하는 대신 앤에게 '케이크를 조금 더 줄 수 있겠느냐'고 묻는다. 그런 사람이 세상에 얼마나 희귀한지, 어느 만큼 눈물나게 소중한지 앤은 몰랐겠지만, 나는 이제 너무 잘 안

 조금 딱딱하긴 하지만 처음 만들었으니까, 70점!

아저씨는요?

 글쎄다…… 난…… 백……. 하나 더 줄래, 앤?

다. 그가 처음 만든 내 초콜릿을 본 날 내게 했던 말 역시 그래서, 나는, 아직, 기억하고 있다.

"초콜릿 모양이 영 엉망인 게…… 맛없게 생겼다. 쯧쯧. 그때 너 요리 배우러 유학 안 가길 정말 잘했어."

그리고 그의 무심한 듯 다정한 마지막 말도 기억한다.

"맛있네. 하나 더 줄래? 세 개는 더 먹어야겠어!"

이빨가게
내 친구

B의 말은 "언젠가 베란다에서 빨래를 걷다가, 아이가 집으로 돌아오는 걸 보게 되었어."로 시작되었다. 그 고백은 결국 눈물로 얼룩졌는데, 그건 학교를 파하고 집으로 돌아오는 아들아이가 끼리끼리 모여 장난을 치느라 정신없는 다른 아이들과 달리 '혼자'라는 걸 확인했기 때문이었다.

아이의 귀에는 이어폰이 꽂혀 있었다. 그러므로 다른 아이들의 웃음소리는 들리지 않을 것이었다. 아이는 바닥을 보며 걷고 있었다. 또래 아이들보다 한뼘 이상 큰 키 때문에 흐느적대듯 집 쪽으로 걸어오는 모습에서 그녀는 '고독'이란 단어 대신 '왕따'라는 말을 먼저 떠올렸다. 이후 그녀는 아이들의 하교 시간, 습관적으로 창밖을 내다보았다.

내 마음의 친구는 어디에 있나?

B의 이야기는 유년기의 내 모습을 상기시켰다. 나는 유독 학구열이 높은 부모님 때문에 집에서 꽤 멀리 떨어진 한 사범대학 부속초등학교에 다녔다. 같은 동네에 사는 친구들은 대부분 근처 공립 초등학교에 갔으므로 소꿉장난을 하며 지내던 내 친구들은 그곳에 한 명도 없었다.

학교에는 이름만 대면 알 만한 아빠나 엄마를 둔 아이들이 여럿 있었다. 선생님들은 대체로 그 학교에 오랫동안 재직해 나이가 많고 엄격했다. 초등학교 1학년 때부터 나는 한자를 공부해야 했고, 시험을 봐서 틀리면 틀린 개수대로 손등을 맞는 초등학교 시절을 보냈다.

아직도 잊히지 않는 건 시위가 잦았던 근처 대학교에서 시도 때도 없이 터지던 매캐한 최루탄 냄새와 학교 교문을 지나갈 때마다 학년 주임 선생님에게 정신없이 엉덩이나 뺨을 맞고 있던 중학생

오빠들의 일그러진 얼굴이었다. 복장 불량이 무슨 말인지도 모른 채, 속칭 바리깡으로 정수리를 사정없이 밀던 모습이 어찌나 무서웠던지, 나는 언제나 눈을 감고 내가 뛸 수 있는 가장 먼 거리까지 뛰어갔다.

그것은 1980년대의 풍경이기도 했다. 민주화를 갈망하는 학생들의 커다란 대자보와 당시 최강의 농구팀답게 선수들의 이름이 적힌 브로마이드 사진을 나란히 바라보는 일이 내겐 초현실적으로 느껴졌다.

내 짝은 뉴욕에서 태어나, 알파벳이나 겨우 쓰던 내게 영어로 쓰인 책을 자랑했다. 5학년 때 미적분을 풀었던 반장은 내 열등감을 더 증폭시켰는데, 나는 초등학교 때 이미 수학 포기자가 된 게 틀림없었다. 경쟁적인 사립학교 특유의 문화는 나와 잘 맞지 않았다. 나는 조로했다. 삶이 만만치 않다는 걸 너무 일찍 경험한 것이다. 삶이란 아이러니한 것이어서 이때의 경험은 누구보다 좋은 교육을 받길 원했던 부모님의 선의와는 정반대의 효과를 불러왔다.

초등학생 시절은 내 인생의 암흑기였다. 나는 외로움에 익숙해져 더 이상 친구가 필요없(다고 생각하)는 아이가 되었다. 하루키 소설 속에 나오는 남자주인공의 초등학교 여자아이 버전이라고 보면 비슷할 것 같다.

내 친구는 어디에 있는가?

내 친구는 도서관에 있었다.

그녀의 이름은 은정. 은정이는 신림동에서 자신의 아빠가 운영하는 치과를 '이빨가게'라고 부르는 특이한 아이였다. 머리카락은 오래된 빗자루처럼 빳빳했고, 치아가 튀어나와 얼핏 보기에 '벅스바니'처럼 보였다. 나보다 한뼘이나 큰 그녀의 얼굴엔 깨알 같은 주근깨가 귀엽게 찍혀 있었고, 말투엔 약간 경상도 사투리가 섞여 있었다. 은정이는 나보다 늘 먼저 도서관에 와 있었다. 책을 읽을 때, 그녀만의 특유의 포즈도 있었다. 그녀는 늘 책상에 책을 반듯이 세워놓고, 두 손으로 책장의 끝을 붙잡고 읽었다.

축약본이긴 해도 『여자의 일생』을 읽기에 초등학교 2학년이란 나이는 터무니없다. 하지만 나는 〈목걸이〉를 읽은 후, 모파상의 책들을 읽기 시작했다. 3학년이 되었을 땐 체호프의 단편도 읽기 시작했다. 4학년 때 만난 은정이의 추천을 받아 드디어 코난 도일이나 애거서 크리스티의 추리소설에도 입문했다. 그때는 '전작주의'라는 말을 알지 못했지만, 지금 생각해보니 한 작가의 전작을 다 읽는 습관은 그때 생긴 거였다. 계몽사 세계문학전집, 동서 추리문고를 그렇게 독파했다.

우리는 그때 책 읽기 배틀을 하고 있었다. 친구라기보다 경쟁자라고 생각한 건 나보다 그녀가 늘 책을 빨리 읽어서였다. 하지만 내게 '대각선 속독법'을 전수하고 다른 중학교로 떠난 은정이를 생각해보니, 그녀는 경쟁자가 아니라 내 친구였다. 쉬고 싶을 때, 나무 같은 그늘을 만들어주고 내 삶의 풍경 속 일부가 되어준 친구 말이다. 책에 관해서라면 은정이는 내 질문이 이상해도 언제든 대답을 해주었다.

"난 앤이 좋아."

"난 싫어!"

"왜?"

"영원한 친구라거나 이런 거 터무니없잖아. 말 많은 것도 정말 싫어!"

"그렇지만 지금 너 앤 읽고 있잖아?"

"바보! 책은 소리가 들리지 않잖아!"

『빨강머리 앤』을 생각하면 '반드시'라고 해도 좋을 만큼 그 친구가

너 영원히 내 친구가 되겠다고 서약해주겠니……?
내가 먼저 맹세할게.
해와 달이 있는 한, 내 마음의 친구 다이애나 베리에게
충실할 것을 엄숙하게 맹세합니다.

이번에는 네 차례야.

생각난다. 앤을 싫어하는데도 앤 시리즈를 빠짐없이 읽던 그녀의 뒷모습 말이다.

친구가 없는 아이 때문에 고민이라고 말한 B에게 아이의 친구 관계에 왜 몰입하게 되었는지 물었다. 그녀에게 뜻밖의 대답이 나왔다. 학교를 다니는 내내 반장을 한 모범생이었지만 선생님에게 칭찬받기 위해서 친구들에게는 꽤 혹독했다는 것이다. 심지어 그녀는 30년 전에 자신이 울린 남자아이의 이름까지 기억하고 있었다.

막 대학에 입학한 아들을 둔 선배가 내게 말했다. 부모는 종종 자기 불안을 아이에게 투사하고, 자신이 풀지 못한 인생의 숙제를 아이가 반드시 풀어주길 바란다고, 그래서 아이에게 자신이 지고 있던 무거운 마음의 짐을 의도치 않게 넘겨준다고 말이다. 그런 의미에서 가장 조건 없는 사랑처럼 보이는 부모의 사랑조차 폭력이 될 수도 있단 얘길 하면서 그녀는 "일어날 일은 결국 일어나게 되어 있다."고 말했다.

그 말을 나는 이렇게 해석했다. 만날 친구들은 만나고, 헤어질 연인은 아무리 노력해도 헤어지게 되어 있다고. 때가 되면 오고, 또 가는 게 사람이다. 토이와 전람회의 노래를 좋아하는 자신의 아이가 아이돌 음악을 좋아하는 또래들의 대화에 낄 수 없다는 얘길 하며 한숨을 쉬기에, B에게 『여자의 일생』을 읽던 그 시절의 내 모습을 증언했다. 나는 정말이지 이상한 초등학생이었기 때문에 가족 모두가 나를 걱정했다. 하지만, 지금까지 생각보다 그럭저럭 잘 살고 있다.

우리는
전직 어린이였다

얼마 전, G의 여섯 살짜리 딸 이야기를 들었다. 아이가 식탁에 앉아 물을 마시다가, 컵에 담긴 물을 한동안 바라보더니 이렇게 말했다는 것이다.

"엄마. 물속에 그 애 얼굴이 있어."

여자아이는 유치원에서 한 남자아이를 종일 강아지처럼 쫓아다녔다. 남자아이가 뛰면 뛰고, 걸으면 걷고, 멈추면 멈췄다. 그러지 말라고, 그럼 아무리 좋은 사람도 질리게 마련이라고 말해줘도, 아

너한테 빌려간 책 말이야.

처음부터 끝까지 다 읽어봤어. 미로미아 같은 여자,

참 가엽지 않니?

애인이 다섯 명이나 되는데도 전혀 행복하지 않잖아.

눈물이 다 나지 뭐니.

이의 귀에는 엄마의 말이 들리지 않았다. 아이는 그 애가 보고 싶다며 울었다. 종종 멍해졌다. 아이는 사랑에 빠졌다. '사랑하는 사람'은 세상에서 가장 상처받기 쉬운 사람이다.

우리가 사랑이란 명사에 '빠졌다'는 조금 특별한 동사를 쓰는 건 사랑이 '젖어드는' 일이기 때문이다. 그 말은 이전과는 전혀 다른 나와 만나, 크나큰 낙차를 경험한다는 뜻이기도 하다. 깊이를 알 수 없는 우물에 풍덩~ 빠지는 것처럼 말이다. 나는 '쿨'하고 '드라이'한 사랑 같은 건 이제 잘 믿지 않게 됐는데, 그건 물기가 없는 곳에선 어떤 생명도 자라지 않는 이치와 같다. 생명이라곤 자라지 않을 것 같은 사막에 선인장이 존재하는 건, 어딘가에 있을 오아시스 때문이다. 진짜 사랑은 사람을 성장하게 한다.

누군가를 좋아하는 마음은 타인에게 피해를 주지 않는 한 그 자체로 반짝인다. 그래서 일곱 살짜리 남자아이가 열일곱 살짜리 누나를 좋아하는 마음이나, 일흔넷의 할머니가 노인정에서 삼각관계에 휘말린 이야기를 들으면 어쩐지 사람 사는 맛이 난다. 망측, 주책, 주접 같은 말은 사랑에 붙이는 주홍글씨다. 하지만 사람이 사람을 좋아하는 데 나이나 인종, 성별의 차별이 있어선 안 된다고 생각한다. 누가 누구를 더 좋아하는지에 대한 차이가 있을지언

정, 그 이외의 차별이 있어선 안 된다고 말이다.

〈내 나이가 어때서!〉라는 노래를 신나게 틀어놓고 걷는 할아버지와 함께 걸었다. 할아버지를 몇 번이나 쳐다본 건, 휴식을 즐겨야 할 한적한 공원에서 볼륨을 너무 크게 올린 라디오 때문이었지, 그 나이가 싫어서가 아니다. 사랑은 결코 무례하지 않다. 사랑은 사람을 변화시키는데, 만약 할아버지가 할머니와 오순도순 공원 데이트라도 하려면, 볼륨을 저렇게 높인 라디오를 틀고선 대화를 할 수 없을 것이다.

G에겐 여섯 살 꼬맹이의 사랑을 지지한다고 말했다. 그랬더니 단번에 "넌 자식이 없어서 그래!"라는 말이 날아왔다. 요즘 내가 제일 많이 듣는 말인데, 어쩐지 반박하기가 힘든 말이라 아무 대꾸도 못했다. 하지만 그래도.

나는 여섯 살 꼬마의 사랑을 지지한다.
우리는 모두 전직 어린이였다.
그녀가 실연당하면 누구보다 잘 위로해주는 이모가 되고 싶다.

내 마음의
안전지대

매튜는 말이 어눌하다. 어느 정도냐면, 앤에게 선물할 '퍼프 소매 원피스'를 사기 위해 샬롯 시내의 양품점에 가지만 결국 여점원 앞에서 말을 제대로 하지 못해, 엉뚱한 농기구와 씨앗만 잔뜩 사들고 올 정도다. 앤에게 또래 여자아이들처럼 예쁜 옷을 선물해주고 싶은 마음에 매튜는 결국 마릴라 몰래 린드 부인에게 부탁한다. 평소 마릴라가 만든 옷을 볼썽사납다고 생각했던 린드 부인은 그의 부탁을 흔쾌히 받아들인다.

행복한 나날이란
멋지고 놀라운 일들이 일어나는 날들이 아니라
진주알이 하나하나 한 줄로 꿰어지듯이,
소박하고 자잘한 기쁨들이
조용히 이어지는 날들인 것 같아요.

살면서 간절히 원하던 '그것'을 선물 받는 경험은 흔치 않다. 앤은 리본이 달린 퍼프 소매 원피스를 선물 받고 눈물이 그렁그렁하게 감격한다. 선물이 분에 넘치는 사치품이든, 본인과 어울리지 않는 물건이든, 중요한 건 나를 생각해준 누군가의 관심을 아는 일이다. 누구도 알아주지 않던 마음을 알아주는 사람이 내 곁에 존재한다는 건 모진 세상을 살면서 쉬어갈 수 있는 안전지대를 만든다는 의미일 테니까.

아이들은 자기를 더 많이 사랑하는 쪽보다 덜 사랑하는 쪽 부모의 마음에 들기 위해 더 많이 애쓴다. 그것이 생존에 더 유리하기 때문이다. 자신을 마뜩지 않아 하는 쪽이 자신을 버리면, 미숙한 그들로선 생존이 어려워진다. 아직 너무나 약하기 때문에 본능이 발달한 아이들은 그것을 직관적으로 안다. 이렇게 자란 아이들은 평생 부모의 마음에 들기 위해 노력하는데, 어린 시절 부모에게 사랑을 받지 못한 아이가 효자 효녀가 되는 뜻밖의 일은 이런 기저에서 일어난다. 심지어 TV 고발 프로그램에 나올 것 같은 아동학대 부모에게서 아이를 구해낼 때, 아이가 부모에게 강한 애착과 충성심을 보이는 경우도 많다. 사랑만이 애착관계를 만드는 건 아니다. 그 반대의 경우도 있다. 어린 시절에 생긴 결핍 때문에 평생 부모에게서 벗어나지 못하는 사람도 많다. 가장 나쁜 부모는 아이를 사랑하지 않는 것으로 아이의 마음을 움직인다.

하지만 매튜의 사랑은 무조건적이다. 마릴라는 단호한 원칙주의자지만, 매튜는 가끔 그 원칙을 뛰어넘는다. 매튜는 '앤이 하는 일이라면 언제든 믿고 있어'라는 마음으로 아이의 행동을 바라본다. 음양의 조화를 생각하면 이들은 앤에게 완벽한 양육자들이다. 매튜의 갑작스런 죽음 앞에서도 앤이 무너지지 않고 버틸 수 있었던 건 그를 사랑하지 않아서가 아니라, 오히려 반대. 매튜의 깊은 사랑으로 결핍 없는 독립체로 자랄 수 있었기 때문에, 매튜의 죽음에도 앤은 그토록 어른스럽게 처신할 수 있었던 것이다.

네 낭만을 전부 포기하지는 말아라, 앤.
낭만은 좋은 거란다. 너무 많이는 말고, 앤,
조금은 간직해둬.

멋진 퍼프 소매 드레스를 입은 모습을 상상해보고는 용기를 냈어요.
그 옷에 어울리는 사람이 되어야 해요.

 제 손님을 초대하다니 너무 어른이 된 것 같고 좋아요!

버찌 설탕 조림이 들어 있는 단지는 열어도 된다.
과일이 든 케이크하고 쿠키를 먹으렴.

어제의

카레

아베 야로의 만화 『심야식당』에는 '어제의 카레'라는 메뉴가 있다.
'카레는 역시 하루 묵혀 먹을 때에야 참맛'이라는 뜻이다. 4월이면
늘 영화 〈4월 이야기〉를 다시 본다. 고향 홋카이도에서 도쿄의 무
사시노에 도착한 우즈키가 막 자취생활을 시작하며 만든 첫 번째
음식이 카레다. 일본인들에게 카레는 소울 푸드다.

오래전 4월, 남자친구와 남쪽으로 여행을 떠난 적이 있었다. 그
때 그의 차에선 〈4월 이야기〉의 음악이 흘러 나왔다. 그는 시디플

레이어에 시디 바꿔 넣는 걸 귀찮아해서 하나의 앨범을 귀가 닳도록 듣는 버릇이 있었다. 습관은 카레향처럼 천천히 몸에 배고, 전염성이 강하다. 어느새 나도 하나의 음악을 며칠이고 들을 수 있는 사람이 돼 있었다.

그는 사진을 '찍는' 남자였고, 나는 글을 '쓰고 싶어 하는' 여자였다. 그는 나라면 절대 찍지 않을 사진들을 주로 찍었고, 나는 그라면 절대 읽지 않을 책들을 주로 읽었다. 그는 내가 선물한 보르헤스와 푸엔테스의 소설을 단 한 줄도 읽지 않았다. 나 역시 그가 읽던 『괴수 대백과사전』, 『죽음의 한 연구』, 『영웅문』 같은 책을 끝까지 읽지 못했다. 우리는 취향이 달랐다. 좋아하는 영화, 싫어하는 음악이 모두 불일치했다. 하지만 저녁이면 함께 맥주를 마시며 나라면 절대 찍지 않거나, 그라면 정말 읽지 않을 사진과 글에 대해 서로에게 얘기해주었다. 서로 알아듣든 알아듣지 못하든 중요한 건 그게 아니었고, 그때 이야기를 하며 우리가 함께 마시던 맥주는 언제나 맛있었다는 것이다. 그와 함께라면 뭘 먹어도 맛이 있었다. 길거리에서 파는 천 원짜리 토스트도, 다소 눅눅해진 치킨이나 팝콘도, 쓰기만 했던 에스프레소도 맛있게 느껴졌다. 그후로 그런 능력을 가진 남자를 단 한 명도 만나지 못했는데, 그는 정말이지 신비로운 재능을 가진 남자였다.

봄이면 나도 모르게 발가락부터 말랑해진다. 먼 기억 속에서 그가 틀던 〈4월 이야기〉의 피아노 소리가 들려오는 것 같다. 벚꽃이 막 피기 시작하면 시장에서 감자를 한 박스나 산다. 좋아하는 수제 고로케집에서 야채와 단호박 고로케, 단골 손두부집에서 막 나온 뜨끈한 두부도 한 모 산다. 봄의 시장은 더할 나위 없이 풍요로워서 채소가게는 달래와 냉이 향으로 가득 차 있다.

집에서 가장 큰 냄비를 꺼내 카레를 만든다. 한 손에 잡기도 무거울 정도로 바닥이 두툼한 12년 된 것인데, 냄비도 나와 함께 늙어서 꽤나 상처가 많다. 그러니 긁힌 자국들 사이엔 내가 만든 이런저런 음식의 기억도 배어 있을 것이다. 템포가 느린 빌 에반스의 음반이나, 요요마의 첼로 연주를 틀어놓고, 카레가 뭉글뭉글 끓기 시작하면 '아! 이제 4월이 왔구나!' 뭐, 그런 생각을 한다. 점심과 저녁 카레를 먹다가 물리면, 보고 싶은 친구들을 하나둘 부른다. '어제의 카레'를 대접하기 위해서다. 거창한 초대가 아니다. 봄에 피는 꽃을 식탁 위에 올려놓고, 카레 한 그릇을 나눠 먹는 것이다. 어쩌면 나란 사람은 친구들이 삼삼오오 사들고 오는 피오니의 '딸기 생크림케이크', 몽슈슈의 '도지마 롤케이크', 풍년제과의 '양갱' 같은 디저트가 좋아서 더 열심히 카레를 만들고 있는지도 모른다. 앤은 다이애나에게 포도주를 딸기 주스인 줄로 알고 대접해 그녀를 만취하게 만들고, 덕분에 앤의 행동을 오해한 다이애나의 엄마에게 교제 금지라는 벌을 받는다. 하지만 나는 그럴 염려가 없으니 좋다.

카레엔 역시 맥주가 아닌가! 친구들은(나를 제외하면) 전부 술꾼들이라 알아서 마구 꺼내 마신다. 냉장고에 맥주를 가득 사 넣어 놓을 정도의 돈은 벌고 있으니, 그것으로도 마음이 따뜻한 봄이다. 친구들이 카레를 먹으며 "네가 만든 카레를 먹고 나니, 4월이 오긴 왔나 봐!"라고 떠드는 걸 듣는 게 나의 4월의 한 풍경이다. 벚꽃이 피고 지는 것처럼 어느덧 카레를 만드는 일도 자연스러운 일이 되어버렸다. 친구와 함께 카레를 먹는 동안은, 어른이 된 기분이 든다. 그러다 문득, 생각하는 것이다. 그 옛날, 무엇을 먹어도 맛있게 느끼도록 함께해준 신비로운 그 남자에게 어제의 카레를 만들어주고 싶다고.

마릴라의
엄마 수업

처음부터 앤과 길버트는 잘못 만났다. 가장 전형적인 연애소설의
남녀 주인공처럼 이들은 만나자마자 곧바로 원수가 된다. 길버트
브라이스는 앤이 빨강머리를 얼마만큼 싫어하는지 전혀 모른 채,
평소대로 장난을 친다.

"홍당무! 홍당무!"

교실 창밖 풍경에 넋이 나간 앤이 자기 말을 듣지 못하자, 길버트
는 심지어 앤의 머리를 잡아당기기까지 한다. 앤이 어떻게 행동했

이 세상은 남의 고통을 분담하며
서로 돕고 사는 거란 얘긴 들었지만.
지금까지 편하게 살아온 저한테,
드디어 그 순서가 찾아온 것 같네요.

을까? 앤은 미니 칠판으로 길버트의 머리를 내리친다. 칠판은? 두 동강 났다! 물론 이 장면을 보고 가장 분노한 것은 필립스 선생님 이다.

나쁜 일은 어째서 한꺼번에 몰려오는 걸까. 밖에서 노느라 수업 시간에 늦은 아이들과 함께 교실로 뛰어 들어오던 앤은 필립스 선 생님에게 불려가 혼쭐이 났다. 선생님은 지각에 대한 벌로 앤을 일부러 길버트 옆에 앉게 한다. 짝꿍인 다이애나의 얼굴은 사색이 된다. 앤은 어떻게 행동했을까? 앤은 학교에 다시는 가지 않겠다고 선언한다.

아이를 키워본 적 없는 마릴라는 당황한 나머지 여러 명의 아이 를 키운 린드 부인에게 찾아가 앤의 일을 상의한다. 린드 부인은 필립스 선생님이 수업에 늦게 들어온 다른 아이들도 앤과 함께 벌 을 주는 게 공정한 일이라고 얘기한다. 만약 자신 같으면 아이가 학교에 스스로 가겠다고 말할 때까지 두 번 다시 학교에 대한 얘 긴 꺼내지 않겠다는 충고도 한다. 일주일도 못 가서 앤 스스로 학 교에 가겠다고 말할 거라고 마릴라를 다독이면서 말이다.

"학교에 가지 않는 대신 집에서 공부해야 한다. 그리고 날 거

들어서 조금씩 집안일을 익혀나가야 해. 언제까지나 어린아이
는 아니니까. 다른 건 제쳐두고 요리부터 알려주마."

마릴라를 보며 앤이 하는 말은 이것이다.

"아주머니 제 기분을 이해해주시는군요!"

누군가 상대편의 입장이 되어보는 일. 그것을 우리는 '역지사지'
라고 부른다. 어쩌면 그것을 공감이라고 표현할 수도 있을 것이
다. 〈빨강머리 앤〉을 처음 보았을 때, 나는 마릴라를 결코 좋아할
수 없었다. 냉정하고, 차갑고, 엄혹한 그녀의 고집이 싫어서 그랬
다. 하지만 '빨강머리 앤'을 긴 세월에 걸쳐 보다 보니, 이제 마릴라
의 마음이 눈에 들어온다. 만약 내 아이가 그랬다면 나는 어떻게
했을까?

〈빨강머리 앤〉은 앤의 성장기이면서, 마릴라의 양육일기이기도
하다. 아이 앞에선 매일 실패만 하는 많은 엄마들처럼 그녀 역시
실수하고 실패하는 엄마인 셈이다. 언제나 기상천외한 실수를 하
는 앤 못지않게, 잦은 실패를 통해 성장하는 마릴라의 모습을 보
는 게 참 좋다. 아이의 성장기보다 이제는 아줌마의 늦은 성장담
이 내 마음을 더 잡아끈다.

지금까지 별 탈 없이 일해왔으니
이대로 늙어가고 싶구나.

사진에는 없는 사람,

아빠

가끔 내 삶이 각박하고 지루해진 이유가 노트북을 사용하면서 더이상 극장에 가지 않고, 레코드 가게에 들르지 않고, 점점 서점에 가지 않으면서부터 아닐까란 생각을 할 때가 있다. 『윤미네 집』을 찾아봤다. 삐삐도 핸드폰도 없던 시절의 오래된 사진집이다. 『윤미네 집』의 초판은 겨우 천 부 정도를 인쇄했다. 아마추어 사진가의 작품이었던 이 사진집은 당시 사진을 전공하던 남자친구가 처음 보여주었다. 그 덕분에 나는 사진의 매력에 푹 빠졌다. 그때부터 '열화당 사진문고'도 사 모으기 시작했다.

1997년 가을, 교보문고에 비스듬히 주저앉아 처음으로, 듀안 마이클의 사진과 최민식의 다큐멘터리 사진집을 들여다보던 기억이 난다. 사진을 전공하던 그는 사진의 힘은 정직한 시간에서 나온다고 말했었다. 요즘처럼 너 나 할 것 없이 사진을 찍는 시대엔 더욱 그런 생각이 든다.

'윤미 태어나서 시집가던 날까지'라는 부제가 붙은 『윤미네 집』은 아버지의 눈으로 찍어낸 딸의 기록이다. 그 아름다운 성장의 기록은 1960년대부터 1980년대를 관통해 26년이나 지속된다. 아버지와 딸이 아니었다면 상상도 할 수 없는 시간들이 이 사진집에 봉인되어 있다.

토목공학자로 경부고속도로를 만드는 현장에서 일했던 고故 전몽각, 장가 안 간다고 주위에서 어지간히 면박 받던 한 청년이 결혼해서 아이를 낳고, 어려운 시절을 살아내며, 아이를 키우는 일련의 과정들……. 윤미네 식구가 손톱만 한 타일이 깔려 있던 옛날식 부엌에 앉아 오순도순 밥을 먹는 모습, 어린 윤미가 뭔가 서러워 커다란 눈에 그렁그렁 눈물방울을 매달고 우는 모습, 초등학생이 된 윤미가 학교에서 상을 받고 으쓱이던 모습, 윤미의 입학식,

윤미의 졸업식, 아름답게 성장한 그녀의 결혼식까지…….

아빠의 시선이 담긴 딸의 사진 속에는 옛 기억들이 띄엄띄엄 담겨 있다. 그 느릿한 시간의 간격들은 이 책의 맥박처럼 아주 천천히 뛴다. 지금처럼 사진들이 넘쳐나고, 너무 많은 현재의 순간이 전시된 소셜 네트워크에서는 보기 힘든 기적 같은 호흡이다. 감정이 메마르고 가족이 그리워지는 밤이라면 나는 이 사진집을 처방전으로 써주고 싶다.

『윤미네 집』을 펼쳐보다가 나는 매튜 아저씨를 떠올렸다. 지금 시대였다면, 매튜 역시 앤의 성장을 사진으로 기록했을 거다. 앤이 처음 초록지붕 집에 오고, 앤이 자라나 시를 낭송하고, 마릴라를 도와 빵을 굽고, 섬 전체에서 1등을 하고, 대학을 가고, 사랑에 빠진 그 모든 것들을 빠짐없이 자신의 눈 속에 기록하고 싶었을 것이다.

훗날 앤은 그 사진을 보며 매튜를 추억하고, 한 가지 이상한 사실을 깨달았을 것이다. 그토록 많은 사진들 속에 정작 매튜 자신의 얼굴은 없다는 걸. 그녀는 어느 가을밤의 나처럼 문득 눈물을 흘렸을지도 모르겠다. 아버지란 어쩌면 그런 존재가 아닐까. 자신이 평생 찍은 아이들의 사진 속에, 정작 자신은 등장하지 못하는 사람.

정말 즐거웠어요.

제 생애에 있어 큰 사건이었단 생각이 들어요.

하지만 가장 좋았던 건 역시 집으로 돌아온 일이었어요.

여행이란
끝없이 집으로 되돌아오는 일

알랭 드 보통의 『여행의 기술』(청미래, 2011)에는 여행을 더 이상 떠나지 않게 된 한 남자가 등장한다. 그의 이름은 데제생트. 1984년에 출간된 위스망스의 소설 『거꾸로』의 주인공이다. 이 작품은 데제생트 공작의 여행을 그리고 있는데, 우리가 어떤 장소를 상상하는 것과 실제 그곳에 도착했을 때 일어나는 극명한 차이에 대해 이렇게 기술한다.

"데제생트는 짐 16개와 하인 2명을 거느리고 네덜란드 자체를
여행했을 때보다 박물관에서 골라놓은 네덜란드의 이미지들
을 볼 때 네덜란드 안에 더 깊이 들어가 있다."

데제생트 공작은 그 후, 여행을 포기하고 여행에 대한 기대를 불러
일으키는 물건들로 자신의 집을 꾸민다. 주요 선박 회사의 항해 일
정표와 여행의 욕망을 불러일으키는 다양한 그림들로 집 안을 장
식하는 것이다.

다이애나와 샬롯에서의 여행을 마치고 초록지붕 집으로 돌아가
는 날 아침, 앤은 도시에서 생활해보는 게 어떨 것 같냐는 조세핀
할머니의 물음에 이렇게 대답한다. 정말이지 멋진 경험이었다고.
하지만 가장 좋은 건 역시 집으로 돌아오는 일이었다고! 언젠가
여행에 대해 정의해달라는 누군가의 말에 나는 이렇게 대답했다.

"제게 여행은 늘 도돌이표 같아요~!"

여행 내내 바짝 긴장해 체중이 2~3킬로그램쯤 빠지고, 본 것들을
하나라도 놓치지 않기 위해 메모를 하다 보면 어쩐지 탈진한 느낌

이 든다. 취재 여행은 조금 더 고단하다. 언어도, 시차도, 기내식도, 서울과 다른 공기의 밀도도, 아름다운 풍경마저 내 것이 아닌 것처럼 느껴질 때도 있다.

운전석 위치가 바뀐 자동차, 신호 체계가 다른 신호등, 낯선 음식에서 나는 향신료 냄새가 모두 나를 자극한다. 나는 결국 집과 고향에 있던 모든 익숙한 것들을 그리워하게 된다. 여행을 떠나면 역설적이게도 내가 (지겹다고 생각해왔던) 나의 일상을 얼마나 좋아했는가를 훨씬 더 극적으로 이해하게 되는 셈이다.

내 경우, 집으로 돌아가기 위해 비행기를 기다리는 공항에서부터 갑자기 힘이 난다. 마치 이제야말로 진짜 여행자가 된 듯한 기분마저 느낀다. 최악의 여행법 같지만 어쩔 수 없다. 나란 사람은 정말 그렇게 생겨 먹었기 때문이다.

바짝 긴장하느라 억눌렸던 기억들이 공항에 도착하고, 집으로 돌아가는 차 안에서부터 비로소 재생된다. 어떤 의미에서 내 여행은 사후적이다. 현재가 아니라 과거의 방식으로 그때, 그 시간, 그 사람들을 회고하는 형식인 것이다. 나 같은 부류의 사람들에겐 여행이 주는 스트레스의 대부분은 '낯선 언어에 대한 불안', '길 잃는 두려움' 같은 것으로 대표되지만, 실제 여행 중에 이런 일들은 대개 일어나지 않았다.

　내 경우, 길을 잃으면 대부분 귀인이 나타났다. 그들은 24시간 터지는 초고속 와이파이처럼 내게 많은 정보들을 친절히 알려주고 사라졌다. 이국의 음식은 생각한 것보다 맛있었다. 비행기가 7시간이나 연착되는 동안 뭄바이 공항 바닥에서 잠들었던 일 역시 흥미로운 경험이었다. 밤 10시가 넘어 도착한 스페인의 그라나다에서 이미 예약한 호텔이 '풀 부킹'이니 다른 호텔로 가라는 황당한 호텔 지배인도 있었지만, 그가 급히 소개해준 호텔은 같은 가격에 훨씬 더 쾌적한 곳이었다. 일상을 벗어난다는 건 예측 밖의 일을 끝없이 만나는 일이다. 그리고 돌이켜보면 여행이란 어쩌면 예상 밖이라 한결 더 즐거운 일인 것이다. 하지만 내겐 이런 즐거움의 전제가 있다. 언제나 집으로 돌아가야 한다는 것! 그래서 소설에 이런 문장을 힘주어 쓴 건지도 모르겠다.

　나는 당신의 집을 떠나는 게 아니에요.
　나는 이제 나의 집으로 돌아갑니다.

내게 있어 여행이란 끝없이 집을 떠나는 일이 아니라, 끝없이 집으로 되돌아오는 일이다. 내게 떠나는 것보다 중요한 건 언제나 되돌아오는 일이었다. 길이 끝나는 곳에서 다시 길이 시작되는 것처럼 말이다. 그 집에 보고 싶은 '누군가'가 있기 때문이라면, 이보다 더 좋을 순 없는 일. 앤에게 마릴라와 매튜가 있었던 것처럼.

곱다고요?
곱다는 말은 딱 들어맞지가 않아요.
아름답다도 정확하지 않아요!
여기가 찡하게 아파 오잖아요.
진심으로 아름다운 걸 보면
그렇게 돼요.

슬픔의 무게는 덜어내는 게 아니다.

흘러 넘쳐야 비로소 줄기 시작한다.

그래야 친구들이 다가오고, 함께 슬퍼할 수 있다.

위로받고 싶은 사람이 있을 때에야 슬픔은 끝난다.

슬픔
공부법

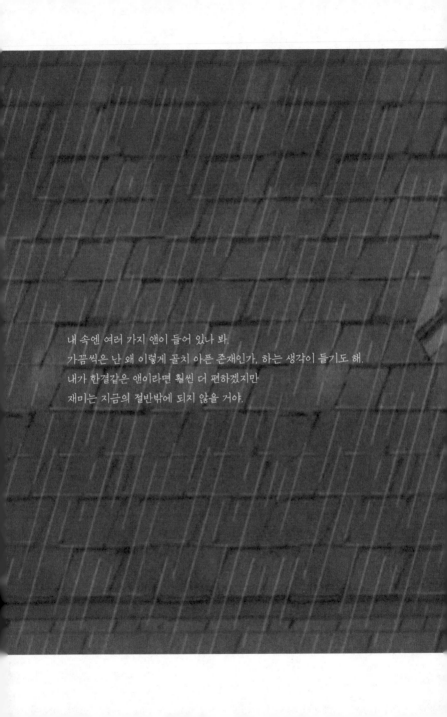

내 속엔 여러 가지 앤이 들어 있나 봐.
가끔씩은 난 왜 이렇게 골치 아픈 존재인가, 하는 생각이 들기도 해.
내가 한결같은 앤이라면 훨씬 더 편하겠지만
재미는 지금의 절반밖에 되지 않을 거야.

아! 아주머니. 내일은 아무 실수도 하지 않은
새날이라고 생각하니 즐겁지 않으세요?

—

내가 말해두겠는데 말이다.
틀림없이 넌 내일도 실수를 저지를걸?
너처럼 실수를 자주 하는 아이는 처음 본다.

—

네. 알고 있어요. 하지만 단 한 가지,
그런대로 좋은 점이 있다는 거 알고 계세요?
전 똑같은 실수는 두 번 다시 되풀이하지 않거든요.

—

저런, 저런…… . 잇따라 새로운 실수를 하니까 마찬가지지 뭐.

—

어머. 아주머니, 정말 모르세요?
한 사람이 저지르는 실수에는 틀림없이 한계가 있을 거예요.
아, 그렇게 생각하면 마음이 놓여요.

넌 내일도
실수를 저지를걸?

앤처럼 한 인간이 할 수 있는 실수에는 한계가 있다고 믿고 싶겠지만, 살다 보면 그렇지 않다. 실수의 목록은 얼마든지 독창적으로 진화할 수 있다. B는 실수로 헤어진 남자친구에게 잘못 문자를 보냈다. 그녀는 한번 보내면 메시지를 지울 수 없는 '카카오톡'의 회사 방침에 저주를 퍼부었지만, 그것이 각기 다른 플랫폼의 캐릭터를 만드는 것도 사실이다.

페이스북에는 한참 동안 '싫어요'가 없었다. '카카오톡'의 메시지는 한번 보내면 취소할 수가 없다. 네이버 '지식인'에는 상대가 나를 차단했는지 아닌지, 한번 보낸 메시지를 정말 지울 수 없는 건지, 어째서 스토킹하던 짝사랑의 텅 빈 이모티콘 위에 '이름없음' 같은 괴상한 표지가 뜨는지 묻고 답하는 글들이 많다. 아수라장이 따로 없다.

술에 취한 채 전화를 건 다음 날 후회하는 일이 잦다지만, 실수가 꼭 나쁘기만 한 건 아니다. 실수 때문에 재결합한 커플도 보았다(대개 처음 헤어졌던 같은 이유로 다시 헤어지긴 하지만). 프로이트는 이런 실수를 '무의식의 요청'이란 어려운 말로 설명하기도 했다. 하지만 이건 어디까지나 고명한 학자의 말이고, 무의식이고 뭐고 그런 일이 생기면 갑자기 인생이 변화무쌍해지는 것만큼은 틀림없다.

새로운 실수를 한다는 건 부주의한 탓도 있다. 하지만 다시 생각해보면, 새로운 실수는 뭔가 새로운 일을 하고 있다는 증거이기도 하다. 앤의 말처럼 중요한 건 한번 한 실수를 되풀이하지 않는 것이지, 실수 자체를 안 하는 건 아닐 거다. 하지만 아무리 노력해도 잘 바뀌지 않는 것이 있다. 타고난 약점이랄까, 치명적인 단점이랄까. 내 경우, 애를 써도 자꾸 엉뚱한 사람에게 문자를 보낸다. 요즘 같은 스마트폰 시대엔 잘못 터치해서 이상한 걸 누르거나 지우는 경우도 많다. 작가인데도 메시지를 보낼 때 자주 오타가 난다. 뭐든 급하게 빨리 쓰는 습관 때문에 더 그렇다.

기념비적인 내 실수의 목록에는 공항에서 항공권을 잃어버린 일도 있는데, 그보다 더 황당한 건 화장실에 갔다가 돌아오던 길에 나를 배웅하러 나온 H가 내 항공권을 주웠다는 거다.

"어떤 인간이 세상천지에 항공권을 다 떨어뜨리고 다니나 해서 주웠는데, 그게 바로 너였네!"

사실 내가 훨씬 더 놀랐다. 왜냐하면 그때까지 나는 내가 항공권을 잃어버렸다는 것조차 모르고 있었던 것이다.

애플이 그냥 사과였던 시절이 그립다. 삐삐를 치고 주머니 가득 동전을 넣어 공중전화를 걸던 시절이 그리울 때도 있다. 그렇다면 내 실수의 목록도 줄어들었을 텐데.

노력해도 안 되는 건 잘 안 되는 거다. 중요한 건 실수를 자기 몫으로 감당해내는 것이다. 어쩌면 그 사람만 하는 특이한 실수가 그 사람의 캐릭터가 되기도 하니까. 못하는 걸 잘하려고 자책하며 노력하는 일보다, 잘하는 걸 조금 더 잘할 수 있게 정성을 쏟는 일이 어쩌면 삶을 더 윤택하게 만드는 일인지도 모른다.

사람은

언제 위로받는가

내가 소설가가 되기로 결심한 건 초등학교 2학년 때였다. 소설가
로 장래희망을 정한 정확한 나이를 알 수 있는 건 초등학교 시절
학년 앨범에 내가 그렇게 적었기 때문이다(내가 다닌 초등학교는
매 학년이 끝나면 단체 사진을 찍어 앨범을 만들었다).

중학교 때의 나는 연애소설의 여왕이었다. 친구들은 내가 쓰기
만 하면 그걸 읽지 못해 안달이었다. 당시엔 지금처럼 개인용 컴퓨
터가 있는 것도 아니어서 나는 공책에 쓴 그 소설을 점심시간마다

앨런 부인과 마음을 터놓고 얘길 나눴어요.
토마스 부인과 쌍둥이 얘기,
캐시 모리스와 초록지붕 집에 오게 된 얘기도,
기하학 때문에 속 썩는 얘기도요.
근데 믿어지세요, 아줌마?
앨런 부인도 기하엔 완전 젬병이었대요.
그 말이 저한테 얼마나 위로가 됐는지 몰라요.

육성으로 들려줬다. 마치 변사처럼!

내 십대 시절은 할리퀸과 하이틴 로맨스, 시드니 셀던과 스티븐 킹으로 이어지는 장르의 시대였다. 얇은 문고판 로맨스 소설을 하루에 서너 권씩 읽어치웠다. 남자친구를 사귀는 대신 연애소설과 연애한 셈이었다. 연애를 글로 배운 사람이 제대로 된 연애를 할 리가 없어서, 대학에 다닐 때는 줄곧 차이는 연애만 했다.

일단 소설가가 되려면 신춘문예에 도전하는 게 정석이라 스무 살 이후, 글을 써서 투고하기 시작했다. 그것이 내 낙방기의 시작이었다. 1월 1일이면 신춘문예 당선자들의 당선 소감이 대문짝만하게 나왔다. 그때마다 내 마음을 서글프게 했던 것은 바로 이런 종류의 당선 소감이었다.

처음 낸 미흡한 작품을 뽑아주신 심사위원 선생님들께 감사드리며…….

그때 결심했다. 만약 문학상을 받게 된다면 나는 조금 다른 당선 소감을 쓸 거라고. 나 같은 '문학의 루저'가 있다는 것을 세상에 공표하고 싶었다. 이유는 하나. 당선 소감을 보고 있을 마음 아픈 누군가에게, 나도 했으니 당신도 할 수 있을 거라고 말해주고 싶었다. 어쩌면 그 말은 간신히 용기를 낸 내가, 가장 약할 때의 나 자신에게 토닥이며 해줄 말인지도 몰랐다.

H의 어린시절 얘기 중 가장 기억에 남는 건, 썰매에 관한 얘기였다. 겨울이면 한강이 얼던 시절, 초등학생이던 그는 친구와 함께 썰매를 타러 갔다. 친구는 새로 산 썰매를 자랑하며 얼음 위를 신나게 달리다가, 그만 물에 빠지고 말았다. 그는 곧 물에서 빠져나왔지만 새 썰매를 자랑하던 기세는 사라지고, 있는 대로 풀이 죽어 있었다. H는 친구를 바라보다가, 미끄러진 듯 물에 빠졌다. 사실 일부러 물에 빠져준 것이었다. 그러자 갑자기 친구의 얼굴이 밝아졌다. 심지어 "으하하하!" 웃기까지 했다. 두 친구는 홀딱 젖은 옷을 툭툭 털며 사이좋게 떡볶이를 먹으러 갔다. H에게 일부러 물에 빠진 이유를 물었다. 그렇게까지 할 필요가 있었는지 나로선 의문이었다. 그때, H가 하는 말이 이랬다.

"인간이 언제 위로받는 줄 알아? 쟤도 나처럼 힘들구나! 바로 비극의 보편성을 느낄 때야."

긴 시간이 흘러 문학상을 받고 소설가가 되었을 때, 그러므로 내 당선 소감은 처음부터 끝까지 낙선기일 수밖에 없었다. 어느 신문에서 떨어졌고, 어느 문학상에서 떨어졌고, 그것이 몇 년도였고, 다시 도전한 신문에서 또 떨어졌고, 다시 떨어진 그곳에 세 번 더 넣었지만 또 다시 떨어졌다는 웃지 못할 이야기.

H의 말이 맞다. 누군가의 성공담에는 교훈이 있지만 위안은 없다. 우리는 누군가의 실패에서 위로받는다. 내가 그걸 알게 된 건 서른세 살이 되던 가을이었다. 소설가를 꿈꾸며 매일 일기를 쓴 아홉 살 이후 24년의 시간. 소설을 투고하기 시작한 지 정확히 13년 되던 해였다.

아무것도 하지 않을
자유

몇 년 전부터, 친구들에게 '죄책감 없이 쉬는 법'에 대한 책을 쓰겠다고 말했었다. '여유'와 '자유'를 구별하고, '쉬는 것'과 '노는 것', '외로움'과 '고독'을 세심히 구분해야 한다고 주장하면서 말이다. 2015년, 내 인생에서 가장 많은 원고를 썼다. 생각해보니 무려 여섯 개의 연재를 신문과 잡지, 인터넷에 동시에 하고 있었다. 그중에는 계간지에 발표한 단편소설과 앤솔로지 형식의 공저 두 권도 포함되어 있었다. 포털 사이트에서 연재하는 웹소설도 있었으니 말을 말자. 원고지 매수로 계산해보니 책 일고여덟 권 분량이었다. 이 정도로 많이 썼다는 건, 그것이 분명 예술은 아니라는 뜻과 같다. 나는 자괴감 속에서 시간 부족에 시달렸다. '죄책감 없이 쉬는 법'에 대해 쓰겠다는 말은 결국 나 자신에게 내뱉는 절규였던 셈이다. 영화 〈한여름의 판타지아〉의 여주인공은 남자주인공에게 이렇게 얘기한다.

"사실, 아무것도 없는 곳에 오고 싶었어요."

일본 '나라'의 명물인 사슴조차 사색에 방해가 돼서 싫었다고 고백한 여자는 '아무것도 없음'을 찾아 '고조'라는 도시로 왔다. 나는 그 여자의 심리상태가 너무나 잘 이해되었기 때문에, 실제 일본의 고조가 어떤 곳인지 궁금해졌다.

영화 〈안경〉의 주인공 역시 휴대폰이 터지지 않는 곳을 찾아 여행을 떠난다. 그녀는 일본 가고시마 현의 요론 섬을 찾는다. 〈안경〉은 '아무것도 하고 싶지 않은 사람들'이 모여 앉아 바다를 바라보며 사색하는 것 이외에는 정말이지 거의 아무것도 하지 않는 영화다. 심지어 화면조차 자주 바뀌지 않는다. 여행을 가고 싶은 건지,

갈매기가 되고 싶지 않아?
난 지금처럼 여자로 태어나지 않았다면
갈매기가 되고 싶어.
해 뜰 때 일어나 바다 위를 가르며
하루 종일 푸른 바다 위를 나는 거야.

달아나고 싶은 건지, 쉬고 싶은 건지 전혀 분간이 되지 않았다. 내 상태에 대해 S에게 이야기했더니, 그녀가 내게 이런 말을 했다.

"셋 다야. 여행을 빙자로 달아나서 쉬고 싶은 게지. 너 번아웃 된 거 같다."

이미 아무것도 안 하고 있지만 더 격렬하게 아무것도 하고 싶지 않다고 외치는 광고 속 유해진의 얼굴을 보면서, 나는 우리가 사는 세계의 자유란 실질적으로 '하고 싶은 것을 하는 자유'가 아니라 '해야만 할 것 같은 일을 하지 않을 자유'만 있다는 걸 깨달았다. 돈을 버는 이유를 하고 싶은 일을 하기 위해서가 아니라, 정말 하기 싫은 일을 하지 않기 위해서라고 말한 시니컬한 후배가 있었는데, 그때 나는 그녀에게 '행복해지기 위해서'가 아니라 '불행해지지 않기 위해' 사는 건 100퍼센트의 삶이 아니며, 또 합리적이지도 않다고 말했었다.

하지만 지금은 생각이 좀 바뀌었다. 인생의 목표를 행복에 맞추면 아이러니하게도 행복해지기 힘들다는 걸 알았기 때문인지도 모르겠다. 게다가 행복은 완결된 감정이 아니다. 그것은 어떤 과정

중에 일어나며, 지속가능하지도 않다. 심리학에는 '행복의 평균값'이란 용어가 있는데, 이 말은 인간의 행복이 적정선을 넘어서면 더 이상 증폭되지 않는다는 이론이다. 행복이 결과가 아니라 과정 중에 일어나는 일이라면, 그것을 제대로 느끼기 위해 우리가 의도적으로 해야 할 것은 '뭔가 하기 위해' 달리는 게 아니라, '뭔가 하지 않기 위해' 때때로 멈춰 서는 것이다.

나는 더 이상 원고를 쓰지 않기 위해 여행을 떠나기로 결심했다. 인터넷이 되지 않는 곳으로 이동해야 원고 때문에 전전긍긍하지 않을 것 같았다. 극단적인 조치였지만 나는 심각할 정도로 지쳐 있었다. 방전되기 직전의 3년 넘은 내 아이폰 같다고 해야 하나.

여행의 또 다른 조건도 있었다. 뭔가 대단히 아름다워서 기록하고, 찍고, 어딘가에 남겨둬야 할 것 같은 장소는 피하고 싶었다. 파리, 뉴욕, 도쿄 같은 대도시는 내겐 적당한 여행지가 아니었다. 고급 휴양지나 리조트도 피하고 싶었다. 나는 휴식이 아니라 여행을 하고 싶었는데, 그러기 위해선 전 세계적으로 균일화되어 있는 호텔이나 리조트가 아니라, 지금 내가 살고 있는 도시와 전혀 다른 풍경이 필요했다.

나는 언제나 폐허의 풍경에 이끌렸다. 무엇인가 대단한 것이 있다가 사라지고 남은 쓸쓸한 풍경은 늘 내 마음을 끌었다. 2015년 12월과 1월, 미국 서부의 5개주를 자동차로 여행했다. 그곳에서 내가 태어난 고향에선 죽었다 깨어나도 볼 수 없는 텅 빈 공허를 달리는 길 위에서 봤다. 데스밸리로 향하는 모하비 사막에서, 모뉴먼트 밸리로 가는 유타의 어느 길 위에서, 나는 가도 가도 끝나지 않을 것 같은 길을 보았다.

길은 소실점까지 이어지다가 어느 순간 내 눈앞에서 사라지곤 했다. 그 길의 끝에는 하늘과 땅이 샴쌍둥이처럼 붙어 있을 것 같았다. 한 시간을 달려도 차 한 대 지나가지 않는 이런 길을 달리다 보면, 어느새 내가 도시에서 체득한 시간들이 무의미해진다는 것도 알게 됐다. 시간은 모든 것을 천천히 바꾼다. 하지만 공간은 많은 것들을 빠른 시간 안에 뒤바꾼다.

사막을 달리다가 충동적으로 차를 세워놓고 길가에 누워 있거나 그저 서 있었다. 방전된 핸드폰 같은 내 몸이 거대한 태양을 집열판 삼아 충전되고 있다고 느꼈다. 오직 조슈아 트리만 있는 사막의 길 위에서 내가 본 건 모래, 바람, 태양뿐. 그곳이 한때, 깊은 바다였다는 사실을 증명하는 거대한 계곡과 협곡들 위로 구름이 떠다니고 있었다. 내 몸 여기저기에 박혀 있던 지독한 고단함은 사막의 뜨거운 태양과 텅 빈 길을 달리는 동안, 어느 사이 조금씩 녹기 시작했다.

핸드폰이 터지지 않는 곳에서의 외로움은 조금 더 증폭돼 내게 고독의 형태로 다가와 있었다. 내가 선택한 건 24시간 연결이 아닌 타인과 단절된 채, 나 자신과 나누는 대화였다. 그곳에서 내가 느낀 건 행복이 아니라 다행스러움이었다. '무엇을 할 자유'가 아니라, '하지 않을 자유'를 만끽하며, 나는 정말 그렇게 느꼈다. 이곳까지 올 수 있어 다행이라고.

인간은 괴롭다고 해서 고통을 잘라버릴 수는 없는 거야.
그게 인간의 양심이란 거지.
적어도 앤이 대학에 진학하는 걸 두 분이 기뻐하고 계시는 한,
거기에 대해 감사함을 잊지 말고, 괴로움을 안은 채
훌륭하게 대학을 졸업하는 게 앤이 취해야 할 길이며,
두 분의 기대에 보답하는 일이 아닐까.
앤이 그런 괴로움을 안고 있다는 것을 나는 기쁘게 생각하고 있어.

앤은 대학 진학을 원했기 때문에 아저씨와 아줌마를 떠나기로 결심한다. 어떻게 살고 싶은지 스스로 결정한 것이다. 다이애나는 대학 진학 대신 고향에 남는다. 앤이 원한 것은 독립된 직업이고, 다이애나가 원한 건 결혼이다. 중고등학교나 대학교 강연에 가면 꼭 나오는 질문이 있다. 저는 연기를 하고 싶은데 부모님은 의대에 가길 원해요. 사실 이 질문의 카테고리에는 이상과 현실이 있다.

   K는 뉴욕의 사진학교를 졸업한 후, 라이언 맥긴리 같은 스타 사

진가를 소망했다. 하지만 그의 진짜 직업은 한인 매춘 사이트에 들어가는 여자들의 포르노 사진을 찍는 일이다. 그는 자신이 원하는 작품을 찍기 위해 포토숍 창이 열린 컴퓨터 앞에서 하루종일 여자들의 허리를 깎고 엉덩이와 가슴을 확대한다. G 역시 뉴욕에서 설치미술을 전공했지만 낮에는 청소업체에서 일한다. C는 이미 세 권의 책을 낸 소설가지만 낮에 찜질방의 카운터에서 일한다. 그는 유수의 문학상을 받았지만 여전히 생활고에 시달린다.

꿈과 현실. 그중 무엇을 선택할 것인가. 나는 이 질문에 쉽게 대답하지 못한다. 우리의 삶이 두부를 자르듯 명확히 잘라지지 않기 때문이다. 하지만 이것만은 분명하다. 살면서 어떤 종류의 고통을 참을 것인가. 그것을 결정하는 순간, 우리는 자신이 원하는 삶을 선택할 수 있다.

가령 좋은 글을 쓰겠다는 건 매일 원고지를 채우겠다는 의미다. 작가가 된다는 것의 진짜 의미는 하루 10시간 이상 앉아서 글을 써야 한다는 걸 뜻한다. 글을 쓰느라 생긴 손목터널증후군, 허리디스크, 좌골 신경통을 직업병으로 달고 살아야 하는 것이다. 물론 편집자의 원고 독촉 전화와 오타와 비문을 지적하는 독자들, 출판 계약이 뜻대로 되지 않아 생기는 굴욕과 궁핍한 생활을 견디는 것 역시 포함된다.

　내가 아는 작가 중, 두 가지 이상의 직업을 가진 작가는 셀 수 없이 많다. 전업작가의 길은 멀고도 험해서, 작가면서 마트 직원이거나 경비원이거나, 학원 강사이며 방과 후 글짓기 선생님이 태반이다. 가수가 되거나 화가가 되겠다는 것 역시 마찬가지다. 그것은 끝없이 이어지는 연습과 가난해져도 꿈을 버리지 않겠다는 심정적 결단을 뜻한다.

　무엇을 원한다는 건 그것에 따른 고통도 함께 원해야 한다는 걸 의미한다. 그렇다면 우리는 꿈을 이루기 위한 고통을 어떻게 받아들여야 할까. 모델 같은 몸매를 위해 흘렸던 땀과 허기는 마침내 거울 속의 모습으로 보상받는다. 그래서 우리는 고통스러웠던 다이어트를 다시 한 번 더 할 수 있는 건지도 모른다. 그래서 나 역시 글을 읽은 후 보내는 독자들의 따뜻한 메일이나 격려로 그 힘든 마감을 매번 하고 있는 건지도 모른다.

　꿈을 이룬다는 건 그런 뜻이다. 앤은 원하는 직업을 얻고 더 넓은 세상으로 나가기 위해 사랑하는 아줌마, 아저씨와 익숙했던 고향을 떠나는 슬픔을 겪을 것이다. 다이애나는 좋은 배우자를 만나기 위해 연애의 괴로움을 겪게 될 것이다. 우리가 무엇인가를 선택할 때 망설이는 이유는 그 결정으로 지불해야 하는 몫이 있기 때문이다. 하지만 우리는 살면서 수없이 선택해야 한다. 그 선택의 결과가 지금의 우리이며, 그것은 누구도 대신할 수 없는 내 몫이다. 소설가 김훈이 말했다.

"물고기가 낚시 바늘을 물지 않고 낚싯밥을 먹을 수는 없다."

모든 선택은 위험한 것이다. 그것이 선택의 본질이다. 사르트르의 말처럼 인생은 B^{birth}와 D^{death}사이의 C^{choice}다.

초등학교 졸업식을 앞두었을 때, 새로운 중학교에 간다는 사실이
그저 좋았다. 6년 동안 좋아했던 선생님도 없어서, 선생님들과 헤
어지는 게 딱히 슬프지도 않았다. 아이를 낳아본 적은 없지만, 아
이를 낳는다면 사립학교만은 보내지 않겠다고 결심한 것도 순전히
내 경험 때문이다. 나는 유독 경쟁이 심하고, 학부모들의 입김이
강하고, 그걸 너무 당연하게 받아들이는 문화에 제대로 적응하지
못했다. 공부하는 데 재미가 붙지 않은 것도 내 실력에는 도무지

정말 만남은 작별의 시작이라지만……
전 선생님이 그렇게 좋아서 울었던 건 아니에요.
다른 아이들이 울었기 때문이었어요.

맞지 않은 과도한 한자 공부와 선행 학습 때문이었던 것 같다.

고백하면, 좋아하지 않은 정도가 아니라 마음 깊이 미워했던 선생님도 있었다. 그 선생님의 두툼한 손바닥을 보면 아이들의 볼을 비틀어 꼬집거나, 때리는 동작이 떠올랐다. 내가 학교에 다니던 1980년대에는 체벌이 일상적이었다. 초등학생이라고 예외는 없었다. 한 선생님을 유독 미워했던 내 마음을 가만히 들여다보면 "아! 그땐 내가 어려서 선생님의 속마음을 정말 몰랐구나!"라는 생각이 드는 게 아니라, "내가 그땐 너무 어려서 내 분노가 정당한 것이었다는 걸 표현하지 못했구나!"란 생각이 먼저 든다. '이해할 만하다' 가 아니라, 나이가 들어 경험이 쌓이고 보니, 한결 더 이해할 수 없게 된 것이다. 살다 보면 이런 경우도 생긴다. 어쨌든 불행한 일이다.

불과 몇 년 전까지만 해도 나는 힘든 일을 겪거나 스트레스를 받으면 초등학교 안에서 길을 잃는 꿈을 꿨다. 계단 없는 어두운 복도가 나오고, 가도 가도 미로 같은 그곳을 벗어나지 못해 끝내 울게 되는 꿈이었다.

앤이 필립스 선생님을 좋아하지 않는 건 어찌 보면 당연하다. 어른들은 "선생님 말씀은 무조건 잘 들어야 한다!"고 말하지만, 그게 정말 맞는 말인 걸까? 필립스 선생님은 특별한 학생만 편애하고,

아이들을 면전에서 구박하는 데 탁월한 재능을 가진 사람이니 말이다. 사춘기 아이들 특유의 부끄러움은 아랑곳하지 않고, 앤을, 그것도 (앤이 가장 싫어하는) 길버트 바로 옆에 앉혀버리는 (그 지능적인) 무심함까지.

선생님이 앤을 처음 학교 아이들에게 소개시키며, "아! 네가 노바스코샤의 고아원에서 온 그 앤 셜리냐?"라고 말할 땐, 정말이지 꿀밤을 100대쯤 때려주고 싶었다. 하지만 필립스 선생님이 학교를 그만두고 작별의 인사를 할 때, 앤은 펑펑 울고 만다. 왜냐고? 하나같이 필립스 선생님을 싫어했던 반 아이들이 울기 시작했기 때문이다.

초등학교 졸업식 때, 꽃을 들고 찍은 졸업 사진이 있다. 그 사진 속의 나는 안경을 쓴 채 퉁퉁 부은 눈으로 엄마를 망연자실 바라보고 있었다. 어찌나 많이 울었던지 얼굴이 추운 겨울 날 뜨끈한 호빵처럼 부풀어 있었다. 좋아하는 선생님은 단 한 명도 없다고 말하면서, 나는 졸업식 날 왜 그렇게 많이 울었을까?

생각해보면, 그때가 내겐 첫 번째 이별이었던 것 같다. 정말 헤어진다고 생각하니 무작정 슬펐다. 무엇보다 6년 동안 정을 준 학교 도서관에 다시 오기 힘들 거란 예감 때문이기도 했다. 사람은 아무리 힘든 상황에서도 살아남기 위해 마음속 깊이 '방어기제'라는 걸 만든다. 경쟁이 심한 학교였지만 나 역시 살아남기 위해 '책'이라는 피난처를 만들었다. 나는 읽고, 읽고, 읽는 아이였기 때문에 그 어떤 학교보다 커다란 도서관이 내 집처럼 편안했다. 가끔 꿈에도 나오는 학교 도서관은 내 악몽 속 오아시스 같은 부분이다. 어두운 복도 사이에 유일하게 빛이 새어나오는 공간이었기 때문이다. 여행 중에 우연히 만난 외국인 친구에게도 정이 흠뻑 드는 나이가 10대와 20대가 아닐까. 쉽게 마음을 열고, 쉽게 사랑에 빠지고, 그래서 더 쉽게 상처받는 나이. 누구와도 친구가 될 수 있는 그런 나이 말이다. 하지만 '누구와도 쉽게 친구가 될 수 있다'란 말의 본래의 뜻은 '누구와도 쉽게 헤어질 수 있다'란 말과 같다. 그 말을 이해할 즈음의 어느 가을밤에는, 문득 청춘이 끝나버렸다는 걸 알고 좀 아득해지긴 하겠지만.

 사람은 헤어져야 만난다.
 지금 이별 때문에 울고 있다면…….

그냥 울어도 괜찮다. 눈이 퉁퉁 붓게 울고 나면 또 다른 삶이 펼쳐진다는 것도 알게 된다. 사실 그 나이 땐 많이 헤어져보는 것도 좋은 일이다. 제법 살아본 사람의 말이니 믿어도 좋다. 자기가 생각하는 것보다 높은 곳에서 떨어져도 깁스하는 정도의 상처밖에 나지 않을 만큼 회복력이 왕성한 나이니까.

필립스 선생님을 눈물 속에 떠나보낸 앤이 다음 번 만난 사람은 스테이시 선생님이다. 앤 셜리 인생의 진짜 선생님. 헤어져야 만난다. 그렇다고 너무 '오래' 울지는 말고.

몇 년 전, 꽤 다양한 직업군의 남자들을 인터뷰했었다. 적게는 10년, 길게는 30년 이상 한 직업에 종사한 전문가들이었다. 흥미로운 건 이들이 자신의 본업 이외에 다양한 활동을 하고 있다는 점이었다. 가령 패션 디자이너인 정구호는 뉴욕에 있을 때 자신의 레스토랑을 운영한 오너 셰프였으며, 영화와 연극 무대의 미술감독으로 일한 경험이 있다. 소설가 김영하는 시나리오 작가로 일했고, 영화감독 장항준은 드라마 감독으로 데뷔해 아내와 드라마 〈싸인〉의 대본을 함께 쓰기도 했다. 요리사 박찬일의 전직은 '여성지 기자'였고, 여행작가 유성용의 전직은 '학교 선생님'이었다.

나는 언제나 직업이 바뀌는 사람들을 흥미롭게 바라보곤 했다. 가령 국문학을 전공해서 소설가가 된 사람보다는, 인공지능 로봇을 만들던 공학자가 별안간 작가로 데뷔하는 삶에 더 큰 매혹을 느낀다. 인생이 갑자기 바뀐 데에는 어떤 사연이 있을 것이고, 그런 이야기라면 아무리 길어도 얼마든지 들을 수 있을 것 같았다.

경기도에 있는 한 도서관에서 강의를 하다가, 유독 고등학생들이 많이 보이기에 강연 도중 질문을 던진 적이 있다.

"여러분은 꿈이 뭐예요?"

공무원이라고 대답한 학생부터 다양한 답이 나왔는데, 그중에는 '범죄 프로파일러'도 있었다. 시간이 더 있었다면, 그 학생에게 내가 만났던 권일용 경감에 대해 얘기해주고 싶었다.

권일용 경감은 수십 년간 수많은 범죄 현장에서 일하며 범인의 뇌 속을 스캔하는 심리분석에 참여했다. 누구보다 세상의 악을 많이 보았을 그 남자의 눈이 너무 따뜻해서 깜짝 놀란 일은 둘째로 치고, 그가 했던 말들은 기록해놓고 싶을 만큼 내 마음을 끌었다. 하지만 인터뷰를 끝내고 집으로 돌아가는 길, 가슴에 가장 남았던 말은 이것이었다.

"제가 원해서 이 직업을 택한 건 아닙니다. 먹고 살려다 보니 어쩔 수 없이 경찰이 된 거예요……. 제가 이 일을 하는 건 유별난 소명의식 때문이 아니에요. 사람들에게 반드시 필요한 일이고, 도움을 주는 일이기 때문입니다."

권일용 경감의 말이 각인된 데에는 이유가 있었다. 그즈음 나는 의심하고 있었다. 꼭 꿈을 직업으로만 이뤄야 하는 걸까? 사람들은 말한다. '가슴 뛰는 일을 해라!' 멋진 말이다. 하지만 누구나 가슴 뛰는 일을 직업으로 가질 수 있는 걸까? 누구나 이승엽 같은 야구 선수가 되고, 조용필 같은 가수가, 송강호 같은 배우가 될 수 있는 걸까. 자신의 꿈을 직업으로 이룬 사람은 많지 않다. 꿈을 직업으로 이루었다고 꼭 행복해지는 것도 아니다.

내가 좋아하는 것을 반드시 해야 한다는 자아 중심적인 강박이 나를 망치기도 한다. 왜냐하면 지금 내가 하고 있는 일은 정말 내가 하고 싶었던 일이 아니라는 생각이 현재를 망치기 때문이다.

아주머니, 잡담과 글짓기는 전혀 달라요.
글은 생각을 잘 정리해야만 쓸 수 있어요.
게다가 이번 주제로는
쓰고 싶은 게 너무 많아서 탈이거든요.
전 인물도 그렇고, 마음씨도 좋지 않으니까
설령 목사님이라 해도 아내로 맞아줄지 어떨지 모르잖아요.
그러니까 아무래도 전 일을 갖지 않으면 안 된다고 생각해요.

가장 중요한 일은 자기가 '해야' 하는 일에서 의미를 발견하고 그 것을 좋아하려는 노력 그 자체가 아닐까.

나는 직업을 꿈과 연결시켜 내가 하고 싶은 일, 가슴 뛰는 일을 하지 않으면 마치 실패자인 것처럼 좌절하게 만드는 요즘 세태를 생각했다. 그리고 직업이란 '내'가 아니라 '남'에게 도움이 되는 일을 하고, 합당한 대가를 받는 일이란 생각에 이르자, 사람들이 느끼는 '자아실현'과 '직업' 사이의 괴리를 이해할 수 있었다.

공무원이, 프로파일러가, 아이돌 가수가, 배우가 되고 싶다고 말하던 아이들에게 하지 못했던 말을 지금이라도 꼭 해주고 싶다. 꿈과 멀어졌다며 사표를 '꿈'꾸는 수많은 회사원들에게, 후배와 친구들에게도 말하고 싶다. 그것은 너만의 고민이 아니라고. 어쩌면 그것은 이 시대가 만든 병일지도 모르겠다고, 무엇보다 자아 성취는 일이 끝난 후 할 수도 있다고 말이다.

앤이 내게 물었어도 아마 같은 대답을 했을 거다. 이제 나는 '너의 꿈을 너의 직업으로 이뤄라!' 같은 말은 하지 않을 생각이다. 내가 생각하기에, 직업은 적어도 남에게 도움이 되는 일을 하는 게 맞다. 그러니까 어떤 의미에서 본래의 직업은 자아실현과는 거리가 먼 셈인 것이다. 나는 버리고 떠나는 삶을 존중하지만, 이제는 버티고 견디는 삶을 더 존경한다.

이 시대가 너무 '나'를 강조하다 보니 그것이 자기애적인 강박으로 작용하는 것 같단 생각 역시 끝내 지울 수 없다. 모든 사람들의 꿈이 이루어질 수도 없지만, 만약 모든 사람들의 꿈이 이루어진다면, 아마 이 세상은 엉망이 될 것이다.

좋아하는 일과 잘하는 일 중 어느 것을 직업으로 선택해야 하냐고 묻는 사람들에게 나는 이제 조심스럽게 '잘하는 일'을 하라고 말한다. 왜냐하면 시간은 많은 것을 바꾸기 때문이다. 잘하는 것을 오래 반복하면 점점 더 잘할 수 있기 때문에 기회를 많이 얻을 수 있다. 일이 점점 많아진다는 건, 그 일을 더 잘할 수 있게 되는 것 이외에 자신의 일에 대한 특정한 태도가 생기는 것을 의미한다. 이때 '태도'란 그 일을 좋아하는 것까지를 포함한다.

한때의 빛나는 재능이 훗날의 아픈 족쇄가 되는 경우를 종종 봐왔다. 자신의 꿈을 직업적인 성취로 이루지 못했다고, 꿈이 없다고 좌절할 필요는 없다. 스스로 실패자란 생각은 더더욱 하지 않았으면 한다. 믿거나 말거나 나로 말하면, 생각만 해도 가슴 두근거리는 꿈을 자기 직업으로 갖게 된 사람들의 지독한 불행에 대해 얼마든지 말할 수 있다. 꿈이 이루어진 이후에도 삶은 계속된다. 이 세상에 '삶'보다 강한 '꿈'은 없다. 인간은 꿈을 이룰 때 행복한 것이 아니라, 어쩌면 꿈꿀 수 있을 때 행복한 것인지도 모르겠다.

시간이
약이 아니다

세월호 사건이 일어난 지 2년이 되었다. 벚꽃이 너무 흐드러지게 예뻐서 그 사실을 잊기도 하지만, 내가 사는 동네의 광장에는 그 일을 지금처럼 기억하는 사람들의 일인 시위가 이어지기도 한다. 2년 전, 사고가 난 후 횡단보도에 서 있는 아이를 본 적이 있다. 별 생각 없이 길을 건너려다 아이가 차를 향해 번쩍 손을 드는 걸 봤다. 아이는 저 동작을 엄마에게 배우고, 유치원에서 익혔을 것이다. 저 작은 아이는 손을 들었다는 이유 하나만으로, 달려오는 어

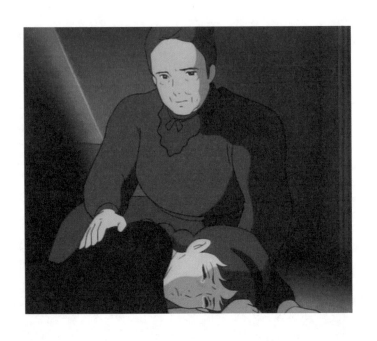

아주머니 실컷 울게 해주세요.
우는 게 그 아픔보다는 덜 괴로워요.
얼마 동안 제 방에 있어 주세요.
저 좀 안아주세요.

떤 차도 자신을 향해 돌진하지 않을 것이라 확신했을 것이다. 우리
는 아이 하나를 어른으로 만들기 위해 그렇게 교육시킨다. 아이는
씩씩하게 횡단보도를 걸어갔다.

　세월호에 탑승했던 아이들도 그랬을 것이다. 안내 방송을 듣고
자리를 지켰을 것이다. 갑판 위로 올라가야겠단 생각은 아예 하지
않았을 것이다. 하지만 배운 대로의 원칙을 지켰다는 이유로 많은
아이들이 차가운 물속에 잠겼다. 신호등 앞에서 번쩍 손을 치켜
든 아이를 바라보다가 그만 울어버리고 말았다. 그 아이가 낳아보
지도 못한 내 혈육처럼 내내 잊히지 않았다.

　인간이 겪는 가장 끔찍한 고통은 무엇일까. 평소와 다르지 않은
보통의 날, 갑자기 사랑하는 사람을 죽음으로 잃게 되는 일일 거
다. 세월호 사건으로 아이를 잃은 가족들 역시 그랬을 것이다. 그
때, 시간은 멈춰버린다.

　그렇다면 현재가 고통이고 미래가 지옥인 사람들은 어떻게 살아
야 할까. 숨이 제대로 쉬어지지 않고, 죽음밖에 생각나지 않는 사
람은 대체 지금이라는 순간을 어떻게 버텨내야 하는 걸까? 사람
들은 과거나 미래가 아닌 현재를, 이 순간을 충실히 사는 것의 중
요성을 얘기한다. 하지만 가족이나 연인을 불시에 잃는 고통을 겪

은 사람에게 그게 가능한 일일까. 그들은 얼마나 자주 잘못된 과거로 돌아가, 그 모든 것들을 되돌리고 싶을까. 그런 사람에게 더이상 슬퍼하지 말고, 과거에 머물면 안 된다고 말하는 건 오히려 폭력은 아닐까. 그토록 아픈 사람들에게는 그러므로 다른 처방을 내려야 한다. 그때, 우리가 기댈 수 있는 유일한 것은 행복했던 과거의 기억, 즉 추억이다. 이미 살아본 삶, 그 아름다운 시간을 다시 살아내는 능력이 우리에게 살아갈 힘을 주는 것이다.

『보이는 어둠』에서 윌리엄 스타이런은 자살 직전, 브람스의 음악을 듣는다. 그리고 그 음악이 죽음 직전의 그를 되살린다. 오후 햇살 가득한 거실, 알토 랩소디를 흥얼거리던 엄마와의 추억이 벼랑 끝에 서 있던 그의 손을 움켜잡은 것이다. 극심한 우울증을 앓던 그는 자살 대신, 스스로 정신병원에 입원한다. 우리는 돌아가신 엄마가 해주던 김치찌개에서 행복한 유년의 시간을 떠올린다. 애인과 함께 먹던 팝콘 냄새를 통해 그와 함께 봤던 영화를, 그녀가 힘들었던 내게 빌려주던 따뜻한 어깨의 추억을 새기는 것이다.

추억이 기억과 다르다면, 그런 것 때문이리라. 추억 속엔 '나' 아닌 '너'도 있다. 추억은 '우리'가 함께 만드는 것이다. 매튜를 잃은 앤은 마릴라의 가슴에 파묻혀 운다. 울고, 또 울면서 마릴라와 매튜에 대해 끝없이 말한다. 앤은 끊임없이 과거로 돌아간다. 앤은 아저씨와의 추억을 기억해낸다. 결국 앤은 조금씩 마음을 추스르고, 아저씨가 자신에게 해주었을 말을 떠올린다.

비는 그칠 것이다. 눈은 잦아들고, 바람은 지나갈 것이다. 하늘에 떠 있는 별조차, 좌표를 바꾸며 끊임없이 변한다. 시간은 많은 것들을 바꾼다. 하지만 지금의 앤에게 슬픔을 참으라고 말하지 않겠다. 슬픔은 참아서 잊히는 것이 아니기 때문이다. 시간이 약이란 말도 하지 않겠다. 아직 슬프다면 더 울어야 한다. 눈물이 더는 흐르지 않는 시간이 되면, 얼마간 담담해진 얼굴로 피어 있는 꽃도 보고, 반짝이는 달도 별도 볼 수 있을 것이다.

하지만 시간이 지나 상처가 회복된다고 해도, 인간에겐 흔적이 남는다. 우리는 그것을 흉터라 말한다. 흉터를 안은 채, 죽지 않고 살아내는 것, 견디거나 버티는 것, 어쩌면 삶은 그런 것에 보다 가까울지 모른다. 상처가 꽃이 되는 순서를 믿는 건 어쩜 어른이 되어간다는 말일는지도……. 벚꽃이 바람에 비처럼 흩날린다. 너무 아름다워서 눈물이 나는 4월이다.

지금이니까 하는 말이지만……,
나는 말이지. 이럴 때가 아니라면
생각한 걸 입 밖에 내서 말하지 못한단다.

앤, 널 말이야.
내가 진통을 겪으면서 낳은
친딸처럼 사랑스럽다고 느끼고 있어.
초록지붕 집에 살게 되면서부터
너만이 나의 기쁨이었고, 위안이었단다.

마릴라가 이해되는

밤

〈빨강머리 앤〉을 보다가 불현듯 깨달은 게 하나 있다. 나는 여전히
앤을 사랑하지만 지금은 앤만큼이나 마릴라 아줌마 역시 좋아하
게 됐다는 것. 어릴 적엔 마릴라가 그렇게 야박해 보이고 싫었다.
하지만 이제 마릴라의 마음이 이해가 간다. 지금 기준으로 수다쟁
이에 사고뭉치인 앤은 주의력결핍 과잉행동장애인 ADHD진단을
받았을지도 모르는 아이다. 이전에는 잘 몰랐는데, 표현하는 방법
이 매튜 아저씨와 달라서 그렇지 마릴라는 따뜻하고 올곧은 사람

이었다.

〈아기 공룡 둘리〉의 고길동이 인간적으로 이해가기 시작하면 나이가 든 거라던데, 많은 식구들을 먹여 살리느라 밤낮 없이 일에 찌들어 신경질 대마왕이 된 소시민 고길동의 삶이 이제야 내 눈에 밟힌다. 허락 없이 대뜸 남의 집에 쳐들어와 식객이 된 둘리가 고길동 입장에선 얼마나 미웠을까. 고길동에게 둘리는 여간 낯선 존재가 아닌데(심지어 공룡이니!), 가장으로서 그는 하루가 멀다 하고 사고만 치는 둘리로부터 자신의 가족을 지키고 싶었을 것이다. 만약 길동이가 내 친구라면 조용히 효자손 하나 건네주고 싶다. 둘리, 도우너, 또치, 희동이가 합심해서 괴롭히면 등 긁는 척을 하다가 꿀밤 한 대씩 먹여주라고 말이다.

몇 년 전, 『곧 어른의 시간이 시작된다』라는 에세이집을 썼다. 그때는 책을 마무리하면서 서문을 길게 적어 내려갔다. 나는 눈에 보이지 않는 풍경들 속에서도 낡아가는 시간의 주름을 본다고. 눈에 보일 리 없는 것들이 눈에 보이고, 귀에 들릴 리 없는 것들이 들리기 시작하면 곧 어른의 시간이 시작된다고 말이다.

그 말을 쓸 때는 마릴라나 고길동에 대한 생각은 미처 하지 못했다. 하지만 이제 그들의 늙은 주름과 삶의 궤적들이 보인다. 이해되지 않던 그들의 행동이 이제 조금씩 이해된다. 사람을 빠르게 치려다 오타가 나면 삶이 된다. 인생도 그런 게 아닐까. 우리가 저지르는 실수들은 실은 사람들이 수없이 내고 있는 오타 같은 것일지도 모른다.

앤은 그 후로도 많은 실수를 저질러 마릴라를 걱정시킨다. 하지만 잘 자라나 어엿한 숙녀가 된다. 열심히 공부해 대학에 가고, 그 시절엔 드물게 선생님이 되어 경제적으로 자립도 한다. 그 옛날, 내가 어린 시절에 열심히 보던 종이접기의 달인 김영만 아저씨가 텔레비전에 나와 하는 말을 듣다가 문득 코끝이 찡해졌다.

"어린이 여러분! 참 잘 자라주었어요. 걱정 말아요. 이제 어른이 되었으니까 잘할 수 있을 거예요!"

앤도 참 잘 자라주었다. 마릴라가 있었기 때문이다. 앤은 꽃처럼 피어났고 마릴라는 낙엽처럼 저물었다. 나의 앤에게 고마웠다. 하지만 오늘은 마릴라에게 더 눈물나게 고마운 밤이다.

절대로 울지 않겠어. 어리석고 못난이란 증거니까……
우스웠던 일이라도 생각해서 눈물을 참아야지.
하지만 우스웠던 일이란 다 에이본리와 관계된 일이잖아.
더 그리워만 지는걸.
이번 금요일에 집에 돌아가는걸.
하지만 몇백 년도 더 남은 것 같아.
아. 기운이 날 것 같지도 않고, 나게 하고 싶지도 않아.
차라리 슬픈 채로 있는 게 낫겠어.

슬픔
공부법

영화 〈인사이드 아웃〉의 주인공은 한 소녀의 내면에 존재하는 '기쁨, 슬픔, 버럭, 까칠, 소심' 등 다섯 개의 감정이다. 익숙한 고향 미네소타에서 낯선 동네인 샌프란시스코로 이사 오면서 사춘기 소녀 '라일리'가 겪게 되는 복잡한 내면이 주인공인 것이다. 아이스하키를 즐기던 명랑한 소녀가 새로운 곳에서 처음 느끼는 주요 감정은 기쁨이다. 하지만 이사 후, 낯선 친구들과 학교에 적응하지 못한 소녀가 겪는 압도적인 감정은 슬픔으로 뒤바뀐다. 소녀를 걱정한 '기쁨'은 '슬픔'을 튀어나오지 못하게 가둬버리려 한다. 하지만 심리학자들은 슬픔이 다른 사람들에게 보내는 구조 신호라는 점에 주목한다. 가령 눈물을 보고 달려온 가족과 친구들의 공감은 슬픔에 빠진 사람을 결국 더 깊게 성장하게 만든다는 것이다. 슬픔은 삶을 통찰하게 하고, 우리에게 누가 진짜 친구인지를 가늠하게 한다.

앤이 친숙한 에이번리를 떠나, 퀸 학원이 있는 대도시에 왔을 때 그녀 역시 라일리처럼 혼란스러운 마음을 억누르지 못한다. 깊은 슬픔에 잠겨 시도 때도 없이 눈물을 흘리는 것이다. 인생의 가장 큰 슬픔은 익숙하고 사랑하던 무언가를 잃었을 때다.

　인간은 수익으로 얻는 기쁨보다 손실로 얻는 슬픔을 훨씬 더 충격적으로 받아들인다. 경제학자들은 이것을 수치로 계산해 '손실 이론'이란 것을 만들었는데, 이론에 의하면 뭔가 얻었을 때 느끼는 기쁨에 비해 손실에서 느끼는 슬픔이 인간에게 2.5배 정도의 충격을 더 준다. 재산이 줄어 10억이 남았을 때보다, 무일푼으로 시작해 5억을 모았을 때, 인간은 훨씬 큰 행복감을 느끼는 것이다. 자신의 글에 달린 100개의 칭찬 댓글 중에 잡초처럼 끼어 있는 단 한 개의 악플이 우리를 단숨에 지옥에 빠뜨릴 수도 있다.

그러므로 살면서 슬퍼하는 법을 제대로 배우는 일은 정말 중요하다. 시간이 흐를수록 우리는 더 많은 것들을 잃게 되기 때문이다. 점점 건강을 잃게 되고, 가족과 친구 중 일부를 병이나 죽음으로 잃게 된다. 시력이 나빠져 돋보기를 써야 하고, 청력이 약해져 보청기를 끼게 될지도 모른다. 상실이 익숙해질 시간에 도달하는 것이다. 나는 슬픔을 슬픔 이외의 것으로 회피하는 게, 정신 건강에 얼마나 안 좋은 영향을 미치는지 자주 봐왔다. 슬퍼하는 건 시간 낭비란 말은 삶을 길게 보지 않았을 때, 해볼 수 있는 말이다. 엄마가 돌아가신 지 5년의 시간이 지난 후 갑자기 삶의 균열이 온 Q가 그랬고, 이유 없이 사라진 애인을 잊기 위해 자기 감정을 챙길 사이도 없이 결혼으로 도피한 K의 이혼이 그랬다.

슬픔을 슬픔 이외의 것으로 뒤섞지 말아야 한다. 슬픔을 분노로 바꿔 왜곡시키면 스스로 애도의 시간조차 가질 수 없게 된다. 외로움을 배고픔으로 착각해 폭식하거나, 우울을 우울의 증상인 단순한 수면장애로 오해해 방치하면, 우리는 점점 더 깊이 병든다. 슬픔은 제대로 다뤄졌을 때에만 시간과 함께 자연스레 사라진다. 자기 안에 있는 감정들을 분리해 다독인다는 건, 나 자신을 아끼고 돌보는 행위이다.

　슬픔에 반응하는 우리 각자의 시간표는 전부 다르다. 그것은 오직 나만 알 수 있다. 그러니까 앤의 말이 맞다. 기운이 날 것 같지 않고, 나게 하고 싶지도 않다면, 슬픈 채로 있는 게 낫다. 지금은 눈물을 흘릴 때이고, 울어야 하는 시간이기 때문이다. 슬픔의 무게는 덜어내는 게 아니다. 흘러 넘쳐야 비로소 줄기 시작한다. 그래야 친구들이 다가오고, 함께 슬퍼할 수 있다. 위로받고 싶은 사람이 있을 때에야 슬픔은 끝난다.

눈물을 멈출 수 있는 건
나 자신뿐

오래전, 친구를 교통사고로 잃었다. 뺑소니 사고였다. 전화를 받고
병원 영안실에 갔다. 그곳에서 울지 않는 사람을 한 명도 보지 못
했다. 너무 어린 죽음이었고, 너무 아픈 죽음이라 더 그랬다.

　장례식장에서 넋이 나간 얼굴로 몇 시간을 앉아 있었다. 그런데
누군가 내게 와서 뭐라도 먹는 게 좋겠다는 말을 했다. 나는 하루
종일 식사를 거부했다. 너무 많이 울어서 머리가 아팠고, 눈이 부
어서 떠지지도 않았다. 그런 내게 죽은 친구의 엄마가 다가와 밥은

먹어야 한다고 말했다. 창백하다 못해 백짓장 같아진 얼굴로 말이다. 간청을 못 이겨 구석에 앉아 국물을 입 안에 떠 넣었다.

그때의 당혹스러움을 어떻게 말해야 할까. 그렇게 사랑하는 사람이 죽었는데도, 나는 밥을 먹을 수가 있었다. 누군가의 죽음 곁에서 살겠다고 퍼 넣는 국물이 끔찍했지만 그것이 동시에 맛있고 따뜻하다 생각했다. 밥을 욱여넣자 갑자기 더 큰 허기가 밀려와서 당혹스러웠다. 어떻게 사람이 이럴 수 있나 싶었다.

나는 밥 한 그릇을 다 먹었다. 화장실에 가서 세수도 했다. 버석버석해져 아프게 당기는 얼굴에 남성용 보디 로션을 아무렇게나 발랐다. 정신을 차려보니 비에 젖은 편지처럼 도착한 친구들 중 일부는 우느라 넋을 놓고 있었다. 뒤늦게 구석에 앉아 밥을 먹고 있는 친구의 뒷모습도 보였다. 뒷마당에 나갔다 들어오는 친구의 옷과 머리에선 유독 담배 냄새가 진하게 났다. 밀려 들어오는 손님을 안내하느라 정신없이 뛰어다니는 친구도 있었다.

사람들이 하나둘 집으로 돌아가고 맞이한 늦은 새벽. 부산에서 소식을 듣고 뒤늦게 도착한 친구와 이야기했다. 그 친구에게서 이번 사고의 운전자가 취객이었다는 사실을 알게 됐다. 하지만 수도 꼭지를 틀어놓은 것처럼 계속해서 눈물을 흘리던 그 친구와도 결국 슬펐던 기억이 아니라, 좋았던 일에 대해서도 말할 수 있었다. 죽은 그녀가 유독 냉면을 좋아했다는 것과, 우리가 여름이 가기 전, 함께 냉면을 먹으러 가자고 약속했다는 것에 대해서도 말이다.

"은아가 평양냉면 국물이 꼭 대걸레 빤 물맛 같다고 했던 거 기억나?"

친구가 이 얘기를 꺼내자, 건너편에 앉아 있던 한 친구가 피식 웃었다. 그녀의 볼에 팬 보조개가 너무 예뻐서 슬펐다. 아마 그때 나는 처음으로 어렴풋이 죽음을 이해했다고 생각한다. 자기 몸 움직여 밥 먹을 정도의 힘만 있어도, 사람은 어찌 됐든 살아지게 된다는 말의 뜻도 조금씩 알 수 있었다.

아저씨의 무덤가에 꽂을 꽃을 꺾으면서, 꽃이 예뻐서 본능적으로 향기를 맡는 앤을 바라보면서 이렇게 말해주고 싶었다. 사랑하는 사람이 죽어도 그 옆에서 밥을 씹어 삼킬 수 있는 게 어쩌면 삶이다. 나는 이제 '절대'라거나 '결코'라는 말을 쓰는 사람을 잘 믿지 않게 되었다. 절대, 결코, 일어나지 않는 일 같은 건 없으니까. 그럴 수도, 이럴 수도 있는 게 인생이었다. 그것이 내가 지금까지 간신히 이해한 삶이다.

전나무 뒤로부터 해가 떠오르는 것을 보거나,

마당에 연분홍 꽃망울이 봉긋해지는 걸 보면,

아저씨가 살아 계셨을 때처럼 기뻐서 가슴이 두근거려요.

아저씨가 세상을 떠나셨는데도 이런 것들을 재미있어하다니,

어쩐지 아저씨께 잘못하는 것 같아요.

아저씨께서 안 계시니 너무나 쓸쓸해요.

그런데도 이 세상이나 인생이

무척 아름답고 흥미있는 것으로 생각돼요.

오늘만 해도 다이애나가 우스운 말을 했을 때,

전 무심코 웃어버렸어요.

그 일이 있었을 때, 전 이제 다시는

웃을 수 없을 거라고 생각했었는데.

무엇보다 전 웃으면 안 된다는 느낌이 드는 거예요.

정말 중요한 건 누군가에게 다가갔던 마음이 아니라,

누군가에게서 물러나야 하는 마음을

어떻게 다룰지 아는 것인지도 모른다.

나 자신에게 해야 할 일이 아니라,

나에게 결코 하지 말아야 하는 일을

제대로 아는 것 말이다.

더 잘
사랑할 수 있는
사람

기억해.
너에게는 친구가 있다는 것을.
방황의 길을 오래 걷게 되더라도.

철벽녀와
B형 남자가 만났을 때

적지 않은 사랑이 오해에서 시작되는 건 왜일까. 특히 문학과 영화는 처음의 오해가 이해가 되는 순간의 기적을 이야기한다. 그렇게 사랑의 불가해성과 위대함을 속삭인다. 한 사람에 대한 지독한 오해가 이해가 되는 과정 중에 일어나는 많은 갈등과 상처가 사실 연애소설의 꽃이라고 할 수도 있다.

우리의 빨강머리 소녀 역시 마찬가지다. 평생의 사랑 길버트와의 관계도 처음에는 오해로 시작되었다. 하지만 아무리 머리를 잡아

당기며 홍당무라고 놀렸다고 해도, 길버트의 머리를 칠판으로 내리친 것도 모자라(칠판은 그대로 박살난다) 몇 년째 말은커녕 눈빛조차 섞지 않는 건 너무한 거 아닌가.

내가 10대 때는 '파라북스'나 '할리퀸'에서 나온 다양한 로맨스 소설과 '빨강머리 앤 시리즈', '베르사이유의 장미 시리즈'가 인기였다. 요즘의 10대들이 열광하는 웹소설 카테고리로 분류하자면 앤은 '당당녀', '까칠녀', '도도녀'에 '철벽녀' 타이틀까지 거머쥘 수 있는 캐릭터다.

길버트 브라이스는 어떤 부류일까. 전형적인 '츤데레'다. 겉으로는 까칠하지만 속은 따뜻해서 멀리서 도움을 주는 사람. 다만 앤 앞에서 "앤! 정말 훌륭한 낭송이었어!"라든가 "앤, 나는 널 응원해!" 같은 말은 절대 하지 않는다. 소위 이런 남자들을 웹소설에서는 'B형 남자', '까칠남', '망할 자식'으로 분류한다. '빨강머리 앤'을 철저히 로맨스 소설의 독법으로 읽고, 내 경험을 이 소설에 적용하자면 당장 이런 댓글 100개가 실시간으로 달릴 것이 예상된다.

- 작가님. 커플 진도 너무 안 빼는 듯.
- 남주(남자주인공) 극혐! 차라리 필립스 선생이 낫다! (필립

길버트 덕분이야. 길버트가 무대에 오른 나를
경멸하듯이 웃으며 바라보고 있었어.
그대로 물러서면 길버트에게 경멸당한다고 생각하니까
갑자기 용기가 났어. 절대로 실패하지 않겠다고 생각했지.

스 선생이랑 연결시켜주세요!!)

- 앤이랑 길버트 꽁냥꽁냥 얼른 보고 싶어요~
- 그래도 길버트는 내 꺼!

『빨강머리 앤』이 허구라는 점에서 갈등은 필연적이다. 하지만 이 것이 실제 연애였다면 앤과 길버트의 사랑이 과연 이루어졌을까? 오해는 오해일 뿐, 이해에 이르기는 쉽지 않았을 것이다. 왜냐하면 앤과 길버트의 캐릭터가 비슷하기 때문이다. 둘 다 한 마디로 너무 '까칠'하고 '철벽'인 것이다.

연애는 두 사람이 하는 것이다. 한쪽이 너무 강하면 다른 쪽은 매트리스처럼 그것을 받아내는 기술이 필요하다. 그래서 이런 사 람들이 만나 사랑이 이루어지려면, 어떤 매개체와 계기가 반드시 필요하다. 나는 그것이 매튜의 죽음과 마릴라의 시력 악화였다고 생각한다. 어쩌면 이것이 우리가 사는 인생의 신비로움이 아닐까. 이만큼 달라 보이는 사람들의 내면이 이토록 비슷할 수도 있으니 말이다. 또 매튜와 마릴라의 비극이 앤에겐 사랑으로 가는 길을 환하게 열어주었으니, 삶은 여러모로 참 아이러니하다.

사랑에 빠진 이유와
결별의 이유가 같을 때

길버트와 앤을 보고 있으면 맘이 답답했다. 처음 길버트가 앤을 향해 "홍당무!"라고 외쳤을 때부터 줄곧 그랬다. 어째서 이들은 계속 어긋나기만 하는 걸까. 내게 앤과 길버트는 '사랑'을 '경쟁'으로 탈바꿈시킨 후 '학업 성취'라는 이름으로 승화시킨 커플처럼 보인다.

내가 아는 가장 큰 사랑의 기적은 내가 좋아하는 사람이 동시에 나를 좋아해주는 것이다. 하지만 현실은 두 사람이 연애를 한

근데 앤. 프랭크 스톡콜리에게서 들었는데,
트레이먼 선생님께서 길버트 브라이스가 금메달을 따는 건 확실하고,
에밀리 크레이가 에이브리 장학금을 타게 될 것 같다고 그러셨대.
네 이름은 나오지 않았더구나.

다 해도, 언제나 시차와 낙폭이 발생하기 마련이다. 분명 그가 먼저 좋아했는데, 어느새 내가 더 좋아하고 있고, 내 마음은 깜깜한 밤인데, 그의 마음에는 환한 태양이 떠오른다. 남자와 여자의 연애는 왜 늘 이런 걸까.

외톨이로 초등학생 시절을 보낸 후, 나는 사는 게 지루하고 외로워서 거울을 보고 웃는 연습을 했다. 그 시절의 부작용이라면, 슬플 때조차 웃는 사람이 되었다는 것 정도. 웃음은 오랫동안 가면처럼 내 얼굴에 들러붙어 쉽게 떨어지지 않았다.

"너는 왜 이렇게 잘 웃어?"라는 말을 살면서 자주 들었다. 잘 웃는다는 건 성격이 아니라, 유혹의 일부일 수도 있다는 걸 나중에야 알게 되었다. "네가 날 보고 너무 환하게 웃어서, 날 좋아하는 줄 알았어. 그래서 실은 널 속으로 좋아했었어!"라는 뒤늦은 고백을 듣는 종류의 사람이 된 후였다. 하지만 사후적인 고백이란 뒤늦게 도착한 편지처럼 얼마나 난감한가. 차라리 영원히 도착하지 않는 게 나은 편지도 있다.

연애란 인간관계의 압축판이고, 그것의 본질은 끊임없는 질문이다. 연애에 있어 가장 좋은 상대는 어떤 사람일까. 사람마다 추구하는 가치는 비슷한 듯 다르다. 하지만 내 경우에는 겉과 속이 다르지 않아서, 어느 정도 예측 가능한 사람이 좋다. 함께 있을 때 마냥 좋은 사람이 아니라, 함께 있지 않아도 좋은 사람. 조금 더 정확히 말해, 함께 있지 않음이 더 이상 상처가 되지 않은 사람이 내겐 최고의 상대다.

누군가에게 예측 가능한 사람이 되어준다는 건, 그 사람의 불안을 막아주겠다는 뜻이다. 누군가의 결핍을 누군가가 끝내 알아보는 것이 사랑이라면, 그 결핍 안에서 공기가 되어 서로를 옥죄지 않고, 숨 쉬게 해야 한다. 그 사람이 옆에 없기 때문에 불편하고 불안해지는 게 아니라, 그 사람이 위성처럼 내 주위에 존재한다는 사실이 힘이 되고 따뜻해지는 사랑. 이것이야말로 떠날 필요가 없는 관계이다.

길버트의 '좋아해'와 앤의 '좋아해'는 이렇게 다르구나 생각했었다. 그들을 보며 세상에는 타이밍이 맞지 않아 연인이 되지 못한 사람들도 많을 거라고 수긍했었다. 벚꽃이 떨어지는 어느 봄인가, 「전 남자친구의 세컨드 생활」이라는 괴상한 제목의 단편소설을 쓰다가, 문득 이런 생각도 했다. 타이밍이 맞지 않아 커플이 되지 못한 사람들의 이야기를 써보면 어떨까. 물론 반대의 경우도 있다. 애인이 될 만큼의 강렬함은 아니었지만, 타이밍 때문에 어쩌다 연인이 되어버린 사람들.

연애에 있어 타이밍은 얼마나 중요한 걸까. 그 누구도 아닌 바로 그 사람이기 때문에 사랑하게 된 걸까, 아니면 그 순간 그 사람이 우연히 거기에 있었기 때문에 사랑에 빠진 걸까. 사랑에 관한 흔해빠진 질문이지만 확답은 없는 질문이기도 하다. 마치 남자와 여자 사이에 우정이 가능하냐, 가능하지 않냐는 질문처럼.

시간이야말로 우리가 사는 세상의 거의 전부가 아닐까. 시간은 죽도록 좋아하는 사람을 싫어하게도 만들고, 정말 싫어했던 사람을 좋아하게도 만든다. 사랑이 타이밍이 아니다. 타이밍 자체가 사랑이다. 누가 더 많이 사랑하고, 누가 더 오래 사랑하느냐의 문제가 많은 연인들을 시작하게도, 이별하게도 만든다. 그래서 앤과 길버트의 사랑을 보며 나는 늘 이렇게 되뇌곤 했던 것이다. 아직은 때가 되지 않았다고.

날 영원히 잊지 않겠다고 약속해주겠니?

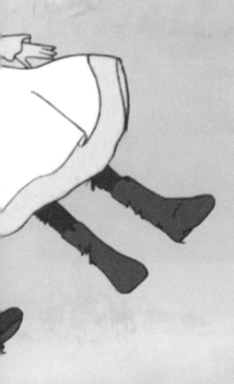

어떤 사람도 널 사랑한 것처럼 사랑할 순 없을 거야.

장례식날요. 조시는 제 머리가
전보다 더 빨개 보인다고 그러지 않겠어요?
상복을 입으니까 빨간색이 더 도드라져 보인다구요.
전 조시를 좋아해보려고 노력하는 일은 이제 그만해야겠어요.
지금까지 그렇게 눈물겨운 노력을 해온 셈이지만,
아무래도 조시를 좋아할 수가 없어요.

더 잘 사랑할 수 있는
사람

"헤어져!"

영화 〈봄날은 간다〉의 이별 장면을 보다가 여자주인공 은수는 어쩜 저렇게 제 마음대로일까, 생각했었다. "사랑이 어떻게 변해요?" 멍해진 얼굴로 은수에게 묻는 상우에게 그녀는 한 번 더 애기한다.

"헤어져!"

라면 먹고 가라고 먼저 꼬실 때는 언제고, 헤어지자고 말하는 건 어쩜 저리도 당당할까. 어째서 우리는 이기적이고, 못되고, 나쁜 사람과 사랑에 빠지는 걸까? 더 씁쓸한 건 이런 못된 사람들이야말로 우리 인생에 가장 강렬한 교훈을 남기며 떠나간다는 것이다. 안 그래도 마음 아픈데, 인생 교훈까지 독점하는 건 너무한 거 아닌가. 어째서 인생에서 가장 중요한 사실을 알려주는 사람들은 이리도 이기적이고 못됐을까.

앤은 '조시 파이'를 만나 이런저런 일들을 겪는다. 퉁명스럽고, 이기적이고, 자기밖에 모르는 그녀 때문에 마음의 상처를 입고, 지붕 아래로 떨어지는 사고까지 당하면서 점차 깨닫는다. 노력만으로 되지 않는 것도 있다는 걸! 장례식이 끝난 후, 앤이 도무지 조시를 좋아할 수 없다고 고백하자 마릴라 아줌마는 이렇게 말한다.

"조시는 파이 집안 사람이라 그렇다. 늘 남의 신경을 거스르는 말을 하지. 그런 사람이라도 사회에 전혀 쓸모가 없다고 생각하진 않아. 아무리 하찮아도 어딘가 쓸모가 있는 거니까."

다시 영화 〈봄날은 간다〉 이야기로 돌아가면, 은수처럼 힘든 여자를 만났기 때문에 상우 역시 처음으로 마음대로 되지 않는 감정의 혹독함을 깨닫는다. 그제서야 그는 자신이 어떤 사람인지 스스로 질문해보았을 것이다. 삶의 관문 같은 '그녀라는 세계'를 통과해가며 스스로의 한계와 가능성 모두를 체감했을 것이다. 은수 같은 사람을 사랑해보았기 때문에, 그는 앞으로 누군가를 더 잘 사랑할 수 있는 사람이 될 거다. 내가 이 영화의 마지막 장면을 좋아하는 건 그 때문이다.

우리가 나쁜 사람과 종종 사랑에 빠지는 건 그럴 만한 이유가 있어서일 거다. 사랑이 끝나야 비로소 그 시작을 가늠해볼 수 있는 것처럼, 그런 사람을 만나면 우리는 처음으로 나란 사람에 대해 고민하게 된다. 정말 중요한 건 누군가에게 다가갔던 마음이 아니라, 누군가에게 물러나야 하는 마음을 어떻게 다루어야 하는지 아는 것인지도 모른다. 나 자신에게 해야 할 일이 아니라, 나에게 결코 하지 말아야 하는 일이 무엇인지에 대해서 제대로 아는 것 말이다. 가령 상대가 너무 미워 그녀의 자동차를 긁거나, 그의 작업실 유리창을 벽돌로 박살낸 후, 사흘 밤낮을 후회하는 사람이라면 그를 위해서가 아니라, 나를 위해서 그런 짓만은 하면 안 되는 것이다. 싫다고 거부해도 슬픔과 질투를 빼면 그것이 사랑이 아니듯. 삶에는 '은수'도 '조시 파이'도 전부 다 필요하다.

 보기에 훌륭한 젊은이로 자랐더구나.

그때 오랜만에 봤더니 키가 훤칠한 것이 사나이답더구나.

그 아이 아버지의 젊었을 때 그대로더군.

존 브라이스는 참 좋은 청년이었어.

그 사람과 난 무척 사이가 좋았었단다.

그래서 사람들은 그가 내 애인이라고들 했지.

마릴라가 '연애할 뻔한' 남자가 길버트의 아버지였다는 이야기를
할 때, 좀 놀랐다. 연이어 든 생각. 마릴라는 그 긴 세월을 어떻게
참았을까? 사랑했지만 헤어진 남자와 같은 마을에 평생을 산다는
건 고역 아닌가. 최근 드라마나 영화를 보면서 느끼는 건 옛날 여
자와 남자가 재회해 다시 연애하는 이야기들이 점점 더 많아진다
는 것이다. 부쩍 많아진 '전 여친'과 '전 남친'에게 무슨 일이 벌어
진 걸까. 나는 그것이 우리가 사는 세상의 달라진 조건과 무관치

않다는 걸 깨달았다. 2009년 구글의 수장이었던 '에릭 슈미트'는 기억에 대한 기념비적인 말을 남겼다.

"당신한테 아무도 모르길 바라는 일이 있다면, 애초에 그걸 하면 안 되는 거겠죠."

앤이 살던 시대의 과거와 지금의 과거는 전혀 다르다. 사람들은 이제 자신이 남긴 흔적이 인터넷에 고스란히 남는다는 걸 안다. 사람들의 과거를 지워주는 회사가 호황이지만, 완전한 삭제는 불가능하다. 우리는 완벽한 프라이버시의 실종 상태에 살고 있다. 과거의 사람들은 졸업과 동시에 입학하듯 새로운 사람들을 만났다. 그렇게 낯선 환경에 적응하고 새 정체성을 만들어갔다. 과거에는 동창회라는 형식을 통해서만 과거와 연결되었다. 하지만 인터넷은 더 이상 과거를 과거로 놔두지 않는다.

소셜 네트워크는 과거의 사람들이란 말을 시대착오적으로 만들었다. 졸업을 하고도, 지구 어디에 살든, 심지어 헤어져서도, 우리는 24시간 연결되어 있기 때문이다. 잃어버린 첫사랑을 애잔히 그리워하는 사람들의 이야기는 곧 새로운 신파의 플롯으로나 등장하게 될 것이다. 몇 단계만 거치면 전 세계 누구와도 연결되는 세상이니까 말이다.

스토킹이란 말은 음란한 범죄의 냄새를 풍긴다기보다, 일상어에 근접하고 있다. 소셜 네트워크 세상에 산다는 건 일정 정도 타인의 삶을 훔쳐보거나, 그것에 개입하는 일이 되기 십상이기 때문이다. 과거에는 누군가의 우편함에서 편지를 몰래 꺼내보는 것은 명백한 범죄 행위였다. 하지만 이메일 계정이나 페이스북 계정을 해킹당했다는 하소연은 이제 주변에서 쉽게 접할 수 있다. 스마트폰이 우리 손에 들린 그 순간부터 우리는 사생활 침해가 일반화된 세상에 살게 된 셈이다. 페이스북에 들어갔다가 '알 수도 있는 사람'에 과거의 남자친구나 다시는 보고 싶지 않은 사람의 얼굴이 뜨는 일은 일상다반사다.

앤이 만약 길버트와 연애하다가 헤어졌다면, 그녀는 길버트에게서 벗어나는 게 쉽지 않았을 것이다. 건너편 집에 숟가락이 몇 개인지까지 아는 시절의 연애란 어떤 면에선 21세기의 연애와 맞닿아 있는 부분이 있다. 모든 마을 사람들이 거의 24시간 연결되어 있기 때문이다. 적어도 과거의 사랑을 우연치 않게 현재에서도 마주쳐야 한다는 점에서는 더더욱 그렇다. 길버트는 앤 앞에 계속 출

몰했을 것이다. 마릴라의 옛 사랑이 그랬던 것처럼. 앤이 프린스 에드워드 섬을 떠나지 않는 이상 그런 일은 반복되었을 것이다.

눈을 뜨면 '인공 지능', '소셜 네트워크', '사물인터넷'에 대한 기사들이 넘쳐난다. 앱 시대를 넘어 이제 '챗봇'이라는 단어까지 등장한 걸 보면 세상의 변화 속도에 현기증이 난다. 이처럼 카오스적인 세상에서 인간의 관계는 어떻게 진화하게 될까.

헤어져도 헤어지지 않은 상태(헤어진 애인을 스토킹하는 사람들), 만나도 만나지 않는 상태(카페나 식당에서 각자의 스마트폰으로 다른 공간에 있는 사람과 이야기 중인 연인들), 연결되어 있지만 늘 외로움을 느끼는 21세기 사람들(나를 포함한 대부분의 사람들) 속에서 나는 인간관계의 혼재된 양상을 관찰한다. 만나고 헤어지고 다시 무너지는 '이별의 이별의 이별의 도미노'를. 그리고 어느 날, 내 SNS에 갑자기 뜬 전 남자친구 아이들의 사진이 행복해 보인다면, 그건 기묘한 감정일 것이다. '웃프다'는 말은 아마 오랫동안 사라지지 않을 신조어가 아닐까.

당신은 나를 사랑하면
안 됩니다?

내 첫사랑은 이상적인 자유주의자였다. 그는 베란다에 꽃을 키우지 않는 집에는 벌금을 물리겠다는 일명 '화초법'에 대해 이야기하곤 했는데, 그의 말투는 그가 가진 선의와 다르게 다소 독재적으로 느껴졌다. 하지만 나는 마음을 홀딱 빼앗긴 상태라, 그저 그의 말에 고개를 끄덕이기만 했다.

그는 기계공학과 학생이었지만 몇 년 후, 한의대에 입학했다. 그리고 꽤 많은 시간이 흘러, 전라도인지 경상도인지 가물거리는 어느 산골 마을에 들어가 아내와 세 명의 아이들과 함께 황토와 나무로 한의원을 짓고, 자연 친화적인 진료를 하며 평온하게 지내고 있었다. 그런 걸 시시콜콜 어떻게 아냐고? KBS 〈인간극장〉을 보고 알았다. 우연히 텔레비전에 나온 예의 그 덥수룩한 수염을 보고, 나는 그 남자가 헨리 데이빗 소로 내지는 스콧 니어링인 줄 알았는데, 바로 내 첫사랑이었다.

그때, 나는 남자의 콧수염에 대한 기사를 쓰고 있었다. 사표를 내면 남자들은 왜 수염을 기르는가! 이것이 기사의 부제였다. 그래서 얼굴 전체를 뒤덮으며 중구난방 뻗쳐 있는 그의 덥수룩한 수염을 마음속으로 몇 번이고 그루밍하고 있었다. 야근에 찌든 날, 맥주에 치킨 다리를 뜯다가 그런 식으로 첫사랑의 소식을 보게 된다는 건 깊은 회한을 불러일으킨다. 중요한 건 채식과 단식, 자연식을 고집하는 그의 생활태도로 보아하니, 그와의 사랑이 기적적으로 이루어졌다 해도, 나는 오래전에 '아웃'될 사람이었다는 것이다. 인스턴트와 패스트푸드에 쩐 타락한 도시인! 즉석밥과 김이 없으면 굶어죽기 십상일 아주 보통의 직장인……

"여보! 함께 별을 보아요."

하지만 그가 육아에 지친 아내를 위해 자신의 자동차 지붕 위에 담요를 깔 때, 나는 감사했었다. 하늘이 무너질 듯 반짝이는 별을 보면서, 그가 아직 별을 헤아리는 남자라는 게 다행스러웠다. 그것은 20년 전, 누구도 보지 못한 '한 남자의 반짝거리는 한때'를 지켜봤던 내 청춘과도 맞닿아 있었다.

첫사랑과 이별한 후, 나는 남자들을 연달아 만났다. 그건 아무래도 '차인' 여자가 보여줄 수 있는 최선의 자기방어책이었다. 사람은 사람으로 잊어야 한다는 지론을 가진 한 친구는 내게 줄기차게 남자를 소개해주었는데, 나로서도 거절할 명분이 딱히 없었다.

첫사랑 실패 후, 내가 얻은 교훈은 한 가지였다. 나는 한번 가졌던 마음에 대한 애착이 워낙 강한 사람이라는 것이었다. 마음먹는 게 힘든 사람은, 그 마음을 거두는 것에도 엄청난 고통과 어려움을 겪는다.

가령 첫사랑 실패 후, 내 데이트란 이런 식이었다. 첫사랑에 비해 그는 키가 너무 크고, 첫사랑과 비교해 그는 너무 현실적이며, 첫사랑에 비해 그는 너무 적극적이다. 키가 크고, 현실적이며, 적극적이란 건 어떤 여자들에겐 틀림없는 장점이 될 만한 요소인데도, 나는 그 남자들에게 터무니없이 야박하게 굴었다. 무엇보다 '누구

제 친구는 크게 자라면
많은 애인들을 마음대로 조종해서
자기에게 열중하게 하겠다고 했지만,
저 같으면 착실한 연인이
한 사람이면 충분할 것 같아요.

누구에 비하여'라는 망령에 시달리는 여자의 연애가 제대로 될 리도 없었다.

그 시절의 나는 남자에 관해서라면 냉혹해지는 데 거침이 없었다. 나는 누구도 진심으로 좋아하지 않았기 때문에, 누구에게도 상처받지 않고 쿨해질 수 있었다. 그래서 내게 사랑을 고백한 남자 앞에서 영화 〈카페 느와르〉의 정유미가 했던 말 비슷한 얘길 아무렇지도 않게 할 수 있었던 거다.

"당신은 나를 사랑하면 안 됩니다!"

그렇게 쿨하게 거리감을 유지하자 상처받는 일은 적어졌다. 하지만 그렇게 조심스레 살아서 내 삶이 더 풍성해졌나? 그건 데이트지 연애가 아니었다. 그런 게 사랑 비슷한 것일 리도 없었다. 싫다고 해서, 견디기 힘들다고 해서, 만약 사랑에 외로움이나 질투 같은 감정을 뺀다면 그게 여전히 사랑일 수 있을까?

첫사랑이 너무 잘 살면 배가 아프다. 하지만 첫사랑이 너무 못 살면 가슴이 아프다. 배 아프면 먹을 약이라도 있지만, 가슴 아픈 데 장사 없다. 첫사랑, 당신이 잘 살아서 다행이다.

J가 3년 연애한 애인과 헤어졌다. 눈이 펑펑 내리던 날이었다. 사람들은 이제야말로 첫눈다운 눈이 왔다고 눈 사진을 올리기에 바빴다. 거리엔 연인이 유독 많이 보이는 아름답고 낭만적인 날이었다. 없는 시간을 쥐어짜 J와 술 한잔을 마셨다. 서촌의 '바르셀로나'. 친구들과 가끔 가는 술집이었다.

"그녀와 바르셀로나에 함께 가서 가우디를 보자고 했었는데……"

기하 시험이 끝난 거라면 얼마나 좋을까?
하지만 린드 아주머니 말처럼
내가 기하 시험에 실패하든 말든 태양은 떠오르겠지?
그건 사실이겠지만, 내가 실패한다면
태양도 떠오르지 말았으면 하는 심정이야.

거기가 어딘들, 헤어진 그녀와 연결되지 않는 게 있겠는가. "가우디 같은 소리 하고 있네~ 바르셀로나 어딜 가든 가우디 건물은 죄다 공사 중이야!"라고 말하고 싶었지만 참았다. 그가 술에 취해 비틀대며 지하철을 타고 집으로 돌아가는 걸 지켜보다가, 문득 어떤 깨달음이 왔다.

"아…… 저 자식, 집 방향이랑 반대로 지하철을 타고 가네!"

어쩌면 무작정 그녀의 집 앞에 가려는 건지도 몰랐다. 만나는 건 아주 가끔 쉽게도 만나지는데, 어째서 헤어지는 건 이렇게 매번 힘이 드는 걸까. 출근도 해야 할 텐데, 저렇게 들어가면 분명 그는 내일 지각할 것이다.

만약에 말이다. 회사에 실연 수당 같은 게 있다면 어떨까. 뭐, 많은 액수가 아니어도 상관없다. 영화 한 편 보고, 커피 한 잔 마시고, 조용한 레스토랑에 들어가 혼자 점심을 먹을 수 있을 정도면 충분할 것 같다. 오전 업무를 마치면 오후에 반차 휴가를 주는 거다. 무엇보다 내 이별을 회사도 공식적으로 슬퍼하고 있다고 생각하면, 사는 게 좀 덜 외롭지 않을까.

어떤 회사에 들어갔는데 회사 계약서에 실연 수당이라고 적힌 목록이 있다면, 그곳의 사장이 생각하는 직원 복지 정책에 감동할 것 같다. 물론 거기엔 분명한 횟수 제한이 있어야 하겠지만 말이다. 연 1회. 혹은 2년에 한 번? 역시 엉뚱한 상상이긴 하지만, 세상의 '금사빠(금방 사랑에 빠지는 사람)'들은 실연 수당을 받기 전, 자신의 연애에 대해 총체적으로 계산하게 될지도 모르겠다. 그렇다면 이런 말이 가능하지 않을까.

"실연 수당을 받을 만큼 그 남자를 사랑한 건 아니었어!"

며칠 전, 공원을 산책하다가 내 나름대로 실연 수당을 책정해봤다. 영화표 1만 원. 커피값 1만 원. 밥값 3만 원. 술값 5만 원. 총액 10만 원! 10만 원이면 회사 입장에서도 크게 부담이 되는 금액은 아닐 것 같다. 반차를 돈으로 계산할 경우는 좀 다르겠지만. 어쨌든 10만 원으로 이별 때문에 생긴 마음의 상처가 치유가 된다면, 그런대로 멋진 일 아닐까.

　내가 기억하는 소설가 트루먼 커포티의 가장 아름다운 문장은 "세상의 모든 일들 가운데 가장 슬픈 것은 개인에 관계없이 세상이 움직인다는 것이다. 만일 누군가 연인과 헤어진다면 세계는 그를 위해 멈춰야 한다."는 말이다. 나는 이 문장을 좋아해서, 실연당한 친구들에게 꼭 읽어주곤 했다. 내가 실패한다면, 태양도 떠오르지 말았으면 싶은 게 사람 마음 아닐까. 커포티의 말처럼 세계까지 멈춰 서진 않아도, 회사가, 사람들이, 나를 위해 아주 잠시 멈춰 서 있으면 좋겠다. 부질없는 상상이라도 말이다. 후배에게 마지막 남은 맥주를 부어주며 말했다. "걔 좀 진짜 별로였어!"

남자가 결혼을 청할 때는 반드시 상대 어머니의 종교하고
아버지의 정당에 맞추지 않으면 안 된대요.
정말 그럴까요?
근데 아저씨. 결혼을 청해본 적 있으세요?

글쎄다…….

아주 지루한 연애,
결혼!

나처럼 연애소설을 다섯 권쯤 쓰면 사람들이 종종 와서 묻는다. "연애는 어떻게 해야 잘해요? 결혼과 연애는 뭐가 달라요? 결혼은 어떤 사람과 해야 하는 거죠?" 모르겠다. 사실 연애도 결혼도 살면 살수록 더 모르겠다는 말이 정확하다. 하지만 굳이 둘 다를 말해야 한다면, 이렇게 말할 수밖에 없다. 결혼도 연애다. 아주아주 지루한 연애다. 우린 삶의 지루함을 즐겨야 한다.

시간이 흐를수록 나는 점점 더 누군가의 사랑에 대해 판단할 수 없어졌다. 실제 연애에 대해 누가 물어도, 듣기만 할 뿐, 쉽게 충고하지 않는 사람이 되어버렸다. 내 관계의 실패 목록이 백과사전만큼이나 두툼해졌기 때문이다. 하지만 그럼에도 불구하고 어떤 일이든 분석하고 논평하고 기록하는 것에 열성인 내 오랜 습관은 버릴 수가 없다. 어쩌면 고치지 못한 악습 덕에 겨우 작가가 된 것인지도 모른다.

나는 '소설을 잘 쓰는 법'에 대해선 거의 모른다. 하루키처럼 직업인으로서 소설가가 되는 일에 대해 쓸 가능성도 지금으로선 별로 없다. 하지만 10년 동안 꾸준히 소설을 쓰면서 '소설, 이렇게 쓰면 망한다!'에 대해선 어느 정도의 식견을 가지게 되었다. 작가라면 한번쯤 불후의 명작을 꿈꾸지만, 나는 그런 걸 한 번도 생각해본 적이 없다. 쓰는 사람의 입장에선 나는 언제나 조금 덜 실패하는 사람을 지향했던 것 같다. 어떨 때는 스스로 좀 한심하지만, 그런 마음으로 여기까지 그럭저럭 견디며 왔다고 할 수 있다.

나는 세상 그 어떤 연애도, 연애를 하지 않는 쪽보다는 더 낫다고 생각한다. 사람은 실패에서 배운다(카슨 매컬러스의 소설 『슬픈 카페의 노래』의 주인공 아밀리아처럼 너무나 상심해 도저히 회복 불능의 상태로 빠지는 경우도 있지만, 일단 그건 논외로 하자). 그러나 내

쪽에선 (만약 딸이 있다면!) 하지 말았으면 하는 연애가 있다. 그게 린드 아주머니의 말이나 앤의 친구들 말처럼 '상대 어머니의 종교'와 '아버지의 정당'이 불일치하는 남자를 만나지 않는 건 아니지만.

나는 어릴 적 한 남자를 만나, 그 남자만 바라보며 일평생을 사는 연애만큼은 하지 않았으면 좋겠다. 모든 연애가 첫사랑의 변주로 진행되는 연애 말이다. 한 남자를 통해 우주를 느끼고, 한 여자를 통해 인류의 보편성을 보게 되는 위대한 사람들도 있겠지만, 나는 인간은 다양한 실패를 통해서 성숙한다고 믿는다. 연애 역시 마찬가지다.

앤은 길버트 브라이스라는 학교 친구와 한 평생 관계를 이어나간다. 하지만 그건 한 마을에서 태어나 그 마을에서 일하고, 마을 밖으로 나가는 일은 한평생 일어나지 않는 그 시절의 이상적인 사랑법이라 믿고 싶다. 앤이 유학을 가고 해외 취업을 하는 21세기에 태어났다면, 그녀는 길버트 이외에 최소한 다섯 명 이상의 남자와 데이트했을 것이다. 아니라고? 앤은 그랬을 거다. 그래야만 한다!

그 시절, 내 친구처럼 나는 앤을 위해 몇 명의 남자 리스트를 업데이트할 거다. 많은 남자를 만난다고 좋은 남자를 만날 가능성이 높아지는 건 아니지만 나로선 이런 말을 하는 이유가 있다. 마릴라의 입장에서 말하면, 나는 내 아이에게 실패할 기회를, 그래서 그것을 가슴에 새길 기회를 주고 싶은 것이다. 아이에게 실패에서 배울 기회를 조금도 주지 않는 부모만큼 잘못된 사랑은 없다고 믿기 때문인지도 모르겠다.

제아무리 불이 뜨겁다고 말한들, 직접 손을 데어본 적 없는 사람에게 불은 그냥 불일 뿐이다. 설혹 그때 운이 좋아 불을 피한다 해도, 언젠가 그 불은 자식의 손에 치명적인 화상을 남길 재앙이된다. 차라리 어릴 때 겪는 편이 낫다. 훨씬 더 낫다. 10대와 20대의 실패는 실수일 뿐이다. 정말이다. 그러니까 연애해라. 그냥 사랑하게 놔둬라. 우리 엄마 식으로 말하면 헤어질 사람들은 '지들이 다 알아서' 헤어진다.

앤에게 주는
주례사

인터넷에서 재밌는 유머를 봤다.

　결혼은 왜 할까? 판단력이 부족해서.
　이혼은 왜 할까? 이해력이 부족해서.
　재혼은 왜 할까? 기억력이 부족해서.

세상에 숱하게 많은 책 속에는 '연애하고 싶은 남자'와 '결혼하고 싶은 남자'를 구별해 판독한다. 어떤 남자가 좋은 남자인가? 결혼은 정말 해야 하는 걸까? 연애는 낭만이고 결혼은 현실이라면 그 기준에 부합하는 인물이 정말 나눠져 있는가?

물론 정체성을 '남자'가 아닌 '일'에서 찾으라고 독려하는 문화가 정착되면서부터 결혼은 점점 여자들의 관심 밖 이슈가 되기도 한다. 하지만 내 주변 사람들로 한정한다면, 전투적으로 일하던 여자들이라도 서른다섯 즈음이 되면 결혼 문제로 조금씩 흔들리기 시작한다.

"이러다가 건강한 아이를 낳지 못하는 건 아닐까?"
"외롭게 독거노인으로 죽게 되는 건?"
"난자 냉동 보관 해둬야 하는 거 아냐?"
"보험을 몇 개 더 들어놔야 하나?

언젠가 정신분석의인 S와 '35세'에 대한 얘길 했는데, 그 역시 35세 즈음 병원을 찾는 여자들의 극심한 불안 증세를 자주 접했다는 것이다. 호르몬 때문인 것 같다는 게 우리들의 술자리 농담이었지만. 이 사람과 결혼을 해야 하나 말아야 하나 고민하는 후배에게 내가 쓴 소설의 문장을 들려준 기억이 있다.

"결혼이란 건, 말하자면 앞으로 저 사람이 네게 한 번도 상상
해본 적 없는 온갖 고통을 주게 될 텐데, 그 사람이 주는 다양
한 고통과 상처를 네가 참아낼 수 있는지, 그런 고통을 참아
낼 정도의 가치가 있는 사람인지를 네가 판단하고 결정하는
일이 될 거야. 살아가는 동안 상처는 누구도 피해갈 수 없는
일이야. 하지만 누가 주는 상처를 견딜 것인가는 최소한 네가
선택할 수 있어야 하고, 선택해야만 해. 그러니까 이 남자가 주
는 고통이라면 견디겠다, 라고 생각하는 사람과 결혼해. 그러
면 최소한 덜 불행할 거야. 물론 행복을 장담할 수는 없겠지
만. 결국 내가 할 수 있는 가장 정직한 말은, 정말로 사랑하지
않는 남자라면, 때때로 견디는 일은 상상보다 훨씬 더 힘든 일
이 될 거란 얘기야!"

나도 안다. 이 얘길 듣고 나면 결혼을 하라는 건지, 말라는 건지
더 혼란스러워질지 모른다는 걸. 하지만 나는 직장 때문에 조언을
요청하는 후배들에게도 이런 말을 하곤 한다.

"네가 정말 하기 싫은 일이 뭔지 아는 게 중요해. 왜냐하면, 그
것만은 피해야 하니까! 그게 인생의 마지노선이 되는 거야. 그
걸 알고 나면 최선이 아닌 차선도 견딜 만해지거든."

내게 인생 참 부정적으로 산다는 말을 하고 싶은 사람도 있을 거
다. 하지만 나는 오히려 지금 시대가 과도한 긍정주의 시대라고 생
각한다. 나는 유일무이한 나이며, 나는 특별한 사람이고, 꿈은 이루
어진다는 낙관주의는 희망적이고 아름답지만 대부분의 문제를 해
결해주지는 않는다. 에크하르트 톨레가 한 의미심장한 말이 있다.
"불행해지는 방법에는 두 가지가 있다. 원하는 것을 갖지 못하
는 것, 그리고 원하는 것을 모두 갖는 것이다."

사실 '결혼이 고통이다'라는 말은 '삶이 고통이다'라는 말과 다르
지 않다. 해도 후회, 안 해도 후회라면, 물론 해보고 후회하는 쪽
이 좋다는 게 내 입장이지만, 어느 날 앤이 내게 다가와 길버트와
결혼해도 좋겠냐고 물어본다면 내가 할 수 있는 대답은 분명하다.
그건 아마도 이런 말로 시작될 거다.

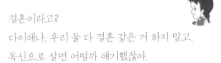

결혼이라고?
다이애나, 우리 둘 다 결혼 같은 거 하지 말고,
독신으로 살면 어떨까 얘기했잖아.

난 말이야. 아직 결심이 서질 않아.
어쩌면 거칠고 사나운 악당 청년과 결혼해서
상대를 개심시키는 게 훌륭한 일이 아닐까 싶어.

어머! 훌륭하다! 그거야말로 뜻깊은 결혼이야.

"나는 좋은 남자가 어떤 남자인지는 잘 모르겠어. 하지만 결혼 하지 말아야 하는 남자에 대한 얘기라면 조금은 해줄 수 있 어. 길버트는 말이지……."

사과할까요?

고백할까요?

앤이 퀸 학원을 졸업하고 고향에 내려와 교사가 되어야겠다고 생각한 나이가 열여섯 살이다. 앤은 2년 과정인 퀸 학원을 1년 만에 조기 졸업했기 때문에, 지금의 나이로 계산하면 대략 스물두 살에서 스물세 살 정도가 된다. 졸업과 취업! 청춘의 가장 중요한 과제를 하나둘 헤쳐 나가고 있는 앤에게 어쩌면 가장 중요한 일이 될 수도 있는 연애라는 관문이 나타난다.

길버트가 '홍당무'라고 앤을 놀린 사건 이후, 이들은 5년 동안이

나 서로의 존재를 무시하듯 스쳐지나간다. 말 한 마디 하지 않고, 철저히 외면하면서 말이다. 하지만 '철저히'라는 말에는 묘한 아이러니가 있다. 좋든 싫든 그것이 관심의 한 방식이기 때문이다. 앤이 길버트에게 관심이 없었다면 그녀가 고집스레 5년이나 침묵을 지킬 수 있었을까? 게다가 길버트가 몇 번이나 자신에게 사과를 시도했는데도, 앤은 그의 사과를 받아들이지 않는다. '절대로 너와는 친구가 될 수 없다!'라는 앤의 말은 대체 무슨 뜻일까. 앤의 무의식 속에서는 무슨 일이 일어나고 있었던 걸까.

사랑은 의식적으로 일어나지 않는다. 앤은 자존심 때문에 길버트에 대한 관심과 사랑을 인정하지 못한 것뿐이다. 이런 일은 사람들 사이에서 꽤 자주 일어난다. 앤은 사과를 거부한 후, 길버트의 침묵을 자신에 대한 징벌이라고 단정 짓는다. 길버트는 나를 싫어한다! 이것이 앤의 마음에 5년 동안 고착된 것이다. 이후, 이 기이한 커플의 소통은 공부 경쟁으로 표면화된다. 앤과 길버트는 1등을 두고 서로 엎치락뒤치락한다. '힘내라'라든가 '응원한다' 같은 말은 일절 하지 않지만 서로에게 좋은 경쟁자가 되어주는 것이다.

세상은 우리에게 좋아하는 마음을 당장 고백하라고 부추긴다. 수많은 연애 칼럼들은 고백하지 못하는 마음을 응원하고 격려한다. 세상에는 고백의 기술을 서술한 책도 많다. '고백의 타이밍'과 '고백의 노하우', '고백하기 좋은 장소' 같은 디테일들이 가득하다.

하지만 고백하는 게 능사일까? 고백만이 용기라고 말하는 게 과연 옳은 걸까? 자신의 마음속에 있는 사랑과 그리움을 간직한 채 사는 건 정말 못나고 틀린 방식의 사랑인 걸까? 언제부터 사람들은 누군가를 기다리고, 시간이 무르익길 견디는 것을 시간 낭비며 용기 없음이라 규정하게 된 걸까.

여행을 자주 다니던 한 남자가 내게 고백에 대한 흥미로운 얘길 해준 적이 있다. 그는 욕심 많은 사람들이 쉽게 고백하는 것 같다고 말했다. 그는 그런 사람은 관계에 필요한 시간을 비용으로 치를 생각이 없는 사람이라고 정의했다. 고백으로 그 사람의 시간을 빨리 선점하고 싶은 마음이 쉽게 고백하게 한다는 것이다.

고백의 반대편에는 어떤 말이 놓여 있을까? 나는 그것을 '포기'라고 말하는 대신, '기다림'이라고 말하고 싶다. 아마도 앤은 자신의 특기인 상상 속에서 길버트를 가끔 생각했을 것이다. 그와 어색하게 마주칠 때마다, 그녀의 마음은 침묵 속에서 안타깝게 조금씩 내려앉았을 것이다. 하지만 이런 기다림이 꼭 시간 낭비기만 했던 걸까.

길버트, 날 위해 학교를 양보해줘서 고마워.
뭐라고 할 말이 없어.
고맙단 말을 전하고 싶었어.

그렇게 대단한 일을 한 것도 아닌데 뭐.
도움이 됐다니 기뻐. 이것으로 사이좋게 지낼 수 있을까.
옛날의 내 잘못을 용서해주는 거야?

그날, 호숫가에서 다 용서했어.
내가 모르고 있었을 뿐이지. 난 정말 고집 센 바보였어.
그때부터 모든 걸……. 다 말하겠어.
난 그때부터 줄곧 후회하고 있었어.

우리 아주 좋은 친구가 되자.
우리 둘은 좋은 친구가 되도록 태어난 거야,
넌 여태껏 그 운명을 거역한 거고.

나는 앤에게 길버트는 예술가의 뮤즈처럼 작동했을 거라고 생각한다. 공부가 힘들어 멈추고 싶을 때, 다시 한 번 견디게 해주는 존재 말이다. 실제 첫 번째 시 낭독 무대에서 앤은 길버트가 자신을 보고 비웃었다고 오해하기 때문에 두려움 속에서도 용기를 내 이를 악물고, 무대 위에 올라간다. 그녀는 성공적으로 낭독을 마친다.

어느새 기다림은 앤과 길버트의 삶의 한 형식이 되었을 것이다. 기다림은 시간을 많이 필요로 하는 일이라, 사람을 천천히 성숙시킨다. 우리가 밥을 지을 때 반드시 뜸을 들여야 설익지 않는 것처럼 그들 역시 시간을 견뎌낸 것이다. 그리고 비로소 '때'가 되었을 때, 길버트는 앤을 위해서 자신이 부임할 학교를 기꺼이 포기하는 양보의 미덕을 보인다. 물론 앤은 그런 길버트에게 미안함과 고마움을 동시에 전한다.

앤과 길버트가 서로의 마음을 알기까지 걸린 시간이 5년이라고 해서, 그것이 답답한 사랑이었다고 생각하지 않는다. 부쩍 성장한 두 사람이 길 한가운데 서서 5년 동안 나누지 못한 이야기를 하는 모습이 보기에 좋았다. 주근깨 빼빼 마른 빨강머리 여자아이와 훤칠한 갈색 머리 남자아이의 사랑이 이루어지는 풍경 속의 석양

더 잘 사랑할 수 있는
사람

은 더할 나위 없이 서정적이었다. 초록지붕 집까지 나란히 서서 걸어가는 그들을 오래오래 바라봤다. 문득 좋아하는 누군가를 마음으로 기다리는 일은 어쩌면 인생을 걸고 해볼 수도 있는 멋진 일이란 생각이 들었다.

어찌된 일인지 이젠
과장된 표현을 쓰고 싶은 생각이 없어졌어요.
하지만 좀 쓸쓸한 느낌이 들어요.
사실 제가 이렇게 자랐으니까
마음만 먹으면 얼마든지 쓸 수 있을 텐데 말이죠……,
어른이 된다는 건 어떤 의미에선 재밌지만,
제가 생각했던 것과는 조금 다른 것 같아요, 아주머니.

난 말 많은 앤이 좋았다. 수다쟁이 앤. '사과나무 길' 대신 앤이 자신의 단어로 만든 '기쁨의 하얀 길' 같은 말들을 사랑했다. 말없이 차분해진 앤의 변화가 그래서 서글펐다. 나만의 앤을 간직하고 싶은 마음 때문이었을 것이다. 자신의 이름을 바꿔 부르고, 바닐라 시럽 대신 감기약을 잘못 넣고, 한 치의 의심 없이 친구와 영원한 우정을 맹세하는 앤을 말이다. 그때의 앤이 그리운 건, '영원히'란 말이 세상에 존재하지 않는다는 걸 알아버린 순간, 우리의 서정

시대 또한 끝나기 때문인지도 모른다.

그러나 앤이 마음속 깊이 하고 싶은 말을 담아두는 건 그녀에게 곧 어른의 시간이 시작되고 있음을 말해주는 징조다. 앤은 이제 침묵이 말이 없는 상태가 아니라, 대화의 가장 아름다운 형식이란 걸 이해하게 될 것이다. 막스 피카르트가 『침묵의 세계』(까치, 2010)에서 말한 "두 사람이 이야기를 나눌 때는 항상 제삼자가 듣기 마련이며, 그 제삼자가 바로 침묵이다."라는 말을 조금씩 깨닫기 시작한 건지도 모른다.

앤의 말처럼 어른이 된다는 건 어쩐지 쓸쓸한 일이다. 하지만 그럼에도 불구하고 어른이 되는 것은 매혹적이다. 어른은 자신의 상상을 행동으로 보여주고 결실로 맞이할 수 있다. 꿈을 현실로 만드는 일이 외롭고 힘든 과정이긴 하지만, 아이가 아닌 어른의 세계에서 벌어지는 일 중에서 가장 흥미로운 일들일 것이다.

나는 언제나 내 삶을 잘 쓰인 소설처럼 만들고 싶었다. 물론 삶자체가 소설 같은 사랑으로 가득 차는 일은 절대 벌어지지 않았다. 그러나 고군분투하며 살아온 덕분에 한 가지는 실현시켰다. 소설을 쓰는 작가가 된 것이다. 과정의 고통스러움을 생각하면 몸서리쳐지지만, 그렇다고 해도 존재하지 않던 세계를 만드는 일이라는 점에서, 소설 쓰기는 언제나 내게 새로운 세상으로 들어가는 명랑한 노동이다.

나는 이제 살아보지 않은 나이를 예상하는 일은 잘 하지 않게 되었다. 그러나 앤에게 이런 정도의 말은 해줘도 될 것 같다. 어둠이 없으면 빛이 없고, 빛이 강하면 그림자가 깊다. 쓸쓸한 마음이 든다는 건 고독을 알게 되었단 뜻이다. 하지만 고독 맞은편에 서 있는 사랑 또한 알게 될 것이란 점에서, 그건 정말이지 좋은 일이라는 것.

크고 굉장한 생각은 그에 걸맞게
크고 굉장한 말들로 표현해주어야 해요!

변했다는 건

뭔가 끊임없이 시도했다는 얘기일 거다.

발음이 괴상한 외국어 배우기를 시도하고,

낯선 나라의 음식을 먹어보고,

한 번도 해보지 않은 일을 하기 위해

용기를 내보는 것 말이다.

마지막의
마지막까지
변한다

그렇지만 마릴라 아주머니,
이토록 흥미진진한 세상에서 슬픔에 오래 잠겨 있기란
힘든 일이지요, 그렇죠?

엘리자가 말했어요.
세상은 생각대로 되지 않는다고.
하지만 생각대로 되지 않는다는 건 정말 멋져요.
생각지도 못했던 일이 일어나는걸요.

트렁크를 통째로 잃어버린 적이 있다. 그것도 아프리카 세이셸에서. 트렁크 안에는 여권과 약간의 돈, 노트북이 들어 있었다. 말할 것도 없이 작가에게 일어날 수 있는 최악의 악몽은 자신의 원고가 가득 들어 있는 노트북을 통째로 잃어버리는 것이다. 만약 트렁크를 찾지 못하면? 저 아프리카 인도양으로 뛰어들 참이었다.

　어째서 그 먼 아프리카까지 갔냐고 묻는다면, 국제 마라톤을 취재하기 위해서였다. 나는 서 있기만 해도 땀이 줄줄 나는 오전 7시

부터 직접 마라톤을 뛰었다. 물론 해외에서 중요한 짐을 잃어버리게 되는 일에 대해 쓰고 싶은 마음은 눈곱만큼도 없었다. 하지만 그런 일은 결국 '벌어지고야' 만다. 그렇게 내 짐은 저 혼자 페리를 타고 프랄린이라 불리는 섬에 홀로 남아 있게 되었다.

그날, 나는 갈아입을 속옷 한 장 없이 세상에서 가장 호사스러운 리조트에 밤 9시가 넘어 도착했다. 나는 검정색 선글라스를 끼고 있었는데, 그건 트렁크 안에 내 안경도 함께 들어 있었기 때문이었다. 미세 먼지 같은 게 있을 리 없는 인도양의 밤은 칠흑같이 어두워서 선글라스를 끼고 있으니, 앞이 더 깜깜했다. 물론 선글라스를 벗으면 거의 아무것도 보이지 않았다.

내가 머문 풀 빌라 안에는 멋진 개인 풀이 있었다. 평소 같으면 책을 읽거나, 핸드폰을 들여다봤겠지만, 그럴 수가 없어서 수영을 하기로 했다. 어차피 잠이 올 것 같지도 않았다. 그런데 생각해보니, 수영복 역시 트렁크 안에 있었다. 선택의 여지없이 나는 아무것도 입지 않고 수영했다. 그리고 다음 날까지 내 일상에서 가장 밀착되어 있던 물건과 동떨어진 환경 안에서 생활했다. 강제적으로 디지털 세계와 격리된 것이었다.

돌이켜보면, 그 시간은 내게 오랫동안 기억에 남을 만한 일이 되었다. 선글라스를 끼고 올려다 본 인도양의 밤하늘과 수영복 없이 한밤중에 수영을 한 일, 책이나 티브이 없이 오로지 나 자신의 생각에 집중하며 스스로에 대해 질문했던 일……

흥미로운 건 이제 트렁크를 잃어버리는 사고 없이도 이런 경험을 할 수 있다는 것이다. 멕시코와 코스타리카의 휴양시설 '비아요가'는 체크인할 때 디지털 기기를 맡기면 숙박비를 15퍼센트 깎아준다. 인터넷이 연결되지 않는 오지로 떠나는 여행 프로그램도 수없이 등장하고 있다. 한 신문에서 나는 '디지털 디톡스 챌린지'라는 이름의 앱을 발견했다. 15분에서 10일까지 사용자가 설정한 시간 동안 스마트폰 이용을 할 수 없도록 막는 앱이었다. 흥미로운 건 자신이 정해놓은 금지 시간에 다시 스마트폰을 이용하려면, 1~10달러 등 사용자가 설정해놓은 대로 벌금을 내야 한다는 것이다.

며칠 전, 4년 가까이 쓴 내 핸드폰이 수명을 달리한 날, 나는 내가 그 속에 있던 전화번호를 하나도 저장하지 않았다는 사실에 절망했다. 하지만 곧 이상할 정도로 마음이 차분해졌다. 어차피 정말 중요한 사람들이라면 내가 하지 않아도 그쪽에서 전화가 올 것이란 생각이 든 것이다. 이 기회에 불필요한 인간관계를 정리해도 괜찮을 것 같았다. 어쩌면 그건 트렁크를 통째로 잃어버렸을 때, 내가 얻게 된 약간의 지혜와 위안과 관련된 일일 것이다.

생각대로 되지 않는 것이 때론 멋지다. 잘못 들어선 길이 지도를 만들기도 하고, 오독이 더 멋진 해석을 낳기도 한다. 세상만사 내 뜻대로 되는 건 거의 없다. 생각대로만 됐다면 나는 벌써 은퇴해서 어느 따뜻한 섬나라 별장에서 책이나 읽으며 맥주로 시간을 탕진하고 있었을 것이다. 마감에 찌들어 원고의 오타와 비문을 수정하느라 미간을 찌푸린 채 앉아 있진 않았을 텐데…….

안 되는 걸 하려니까
슬펐던 날

소치 동계 올림픽 때 내 마음을 가장 크게 흔들었던 건, 김연아의
아름다운 트리플 점프가 아니라 아사다 마오의 트리플 악셀 실패
였다. 나는 마오가 얼음판에 크게 엉덩방아 찧는 장면을 유심히
살펴봤다. 스포츠 경기의 특성상 '마오의 엉덩방아 영상'은 몇 번
이고 반복되고 있었다. 그 장면을 보면서 나는 결국 '그것'밖에는
방법이 없기 때문에, '그것으로만' 자기 존재를 증명할 수밖에 없
는 사람들에 대해 생각했다. 사실 마오의 트리플 악셀은 실패율이

나는 마음껏 기뻐하고, 슬퍼할 거예요.
이런 날 보고 사람들은 감상적이라느니,
감정을 조절하지 못하고 표현한다고 수군거리겠지만
나는 삶이 주는 기쁨과 슬픔, 그 모든 것을,
아무리 작은 것이라 해도 마음껏 느끼고 표현하고 싶어요.

높았다. 모 아니면 도. 그런데도 마오는 무모할 정도로 그것에 집착했다.

그러다가 스케이터 이규혁의 인터뷰를 봤다. 올림픽에서 메달 획득에 매번 실패하고, 은퇴를 번복했던 그가 기자에게 했던 말이었다.

"안 되는 걸 하려니까 슬펐어요."

안 되는 걸 하려니까 슬펐던 경험. 나 역시 그런 시절이 있었다. 매번 문학 공모에서 떨어졌지만 그래도 소설을 써야만 살아지던 시간 말이다. 13년이니까 올림픽을 세 번 나가고도 1년이 더 남는 시간이었다. 간절한 꿈이 악몽이 되는 건 아마도 이런 순간이 아닐까. 그때의 삶은 '산다'가 아니라 '견딘다'쯤으로 치환된다.

어떻게 작가가 되었는지 묻는 사람들에게 조심스레 답한다. 아마 다음 번 월드컵 때, 나는 골을 넣으며 환호하는 선수보다 상대편 골키퍼나 선수들의 일그러진 얼굴을 더 자주 들여다보게 될 거라고. 악전고투 끝에 내가 작가가 된 건 그런 삶의 이면을 바라보기 시작하면서부터였다. 기쁨보다 슬픔에, 성공보다 실패에 먼저 접속하는, 자본주의 사회에선 어쩌면 별 쓸모없는 능력 말이다.

누군가의 성공 뒤엔 누군가의 실패가 있고, 누군가의 웃음 뒤엔 다른 사람의 눈물이 있다. 하지만 인생에 실패란 없다. 그것에서 배우기만 한다면 정말 그렇다. 성공의 관점에서 보면 실패이지만, 성장의 관점에서 보면 성공인 실패도 있다. 나는 이제 거창한 미래의 목표는 세우지 않게 되었다. 어차피 계획대로 되지 않는 게 삶이란 걸 알아버렸기 때문이다. 작고 소박한 하루하루. 어제보다 조금 더 나은 나. 오늘도 그런 것들을 생각하며 글을 쓴다. 조금씩, 한 발짝씩, 꾸준히…….

어른의

시간

앤이 앨런 부인에게 입시 합격 발표에 대해 불안감을 토로하며 조언을 구할 때, 이 우아한 목사 부인이 하는 말들이 '괜찮아, 다 잘될 거야' 혹은 '너만 힘든 거 아니야!' 같은 말이 아니라 좋았다. 그녀의 조언이 현실적이고 구체적이란 점에서 배울 게 많다고 생각했다. 가령 "합격 여부가 신문에 났는지 확인하러 우체국에 가는 걸 그만두는 건 어때?" 같은 충고가 그렇다. 전문가들은 나이 들어서 꼰대가 되지 않는 지름길 중 하나가 앨런 부인처럼 '권유적인

나도 잘 알아요. 그 긴장된 마음.
하지만 앤, 아무리 걱정해도 결과는 마찬가지 아닐까?
여름방학이 너무 아깝다고 생각되지 않아?

—

하지만 …….

—

앤이 그 일만 생각하느라 안절부절못하면서
기다리기만 하는 나날을 보낸다 해도
발표는 때가 돼야 하는 거야.
합격 발표에 대한 걸 잊어버리라고 해도 그건 힘든 일일 거야.
하지만 억지로라도 매일
바쁘고 충실하게 지낼 수 있는 걸 찾아서 밀고 나가야 해.
그렇게 오늘이라는 이 날을
하루하루 열심히 살아가는 게 어떨까?

—

오늘이라는 이 날을요?

언어'를 사용하는 것이라고 말한다.

잡지사 편집장 출신의 선배와 편집장 승진 직전, 회사를 그만두고 출판사를 차린 후배 한 명과 꼰대를 주제로 얘길 했다.

"내가 반성하는 건 이런 거야. 가령 인터뷰 기사를 써서 나한테 가져온 기자에게 내가 데스크 보면서 이런 말을 한 거지. 도입부에 이런 문장 쓴 건, 혹시 네가 이만큼 안다는 거 자랑하고, 잘난 척하고 싶어서 그러는 거야? 그럼 그 후배는 얼굴이 시뻘개져서는 아니라고 막 대들고. 지금 생각해보면 힘들었을 거야. 숨기고 싶은 마음을 내가 너무 대놓고 물어보니까. 근데 이젠 그런 게 눈에 훤히 보이더라고. 아마 내가 어렸을 때, 선배들도 그랬겠지 생각하면 얼굴이 화끈거리기도 하고."

기자든 편집자든 카피라이터든 텍스트를 오랜 시간 반복해서 읽고 쓰다 보면 행간의 느낌들을 잘 읽게 된다. 그런 전문가들이 가장 쉽게 하는 실수가 있다. 일을 시작한 지 얼마 되지 않아 미숙한 사람을 자신의 기준으로 혹독하게 평가하는 것.

"왜 글을 그렇게 장황하게 써? 인용구는 왜 이렇게 많아? 네 생각이 없다는 거 사람들한테 보여주고 싶은 거야? 머리는 장식으로 달고 다니냐?"

나 역시 잡지사에 계속 있으면서 운 좋게 승진해 편집장이 됐다면, 후배들깨나 괴롭히는 상사가 됐을지도 모른다. 좋게 말해 전문성이지만, 나쁘게 말해 결벽증인 것이다. 이런 사람들의 특징은 믿고 맡겨야 할 일에 시시콜콜 참견하는 것이다. 내가 아는 좋은 관리자나 좋은 부모의 특징은 역설적이게도 대부분 '덜 참견한다'는 공통점이 있다. 디테일에 집착하기보다는 전체적인 조화나 균형을 바라보면서, 꼭 나서야 할 곳에만 나서는 중용의 묘를 보여주는 것이다.

하지만 이것이야말로 정말 어려운 일이다. 잘못 갈 길이 빤히 보이는데도 눌러 참으며 다시 되돌아오길 기다려주는 게 보통 일인가. 하지만 사람은 대부분 실수에서 배우고, 그 실수가 혹독할수록 같은 실수를 반복하지 않는다. 옥상이 아무리 위험하다고 떠들어봐야, 떨어져본 사람만이 그 높이를 몸에 새기는 것이다.

꼰대가 되지 않는 법에 대해 얘기하다가 우리는 갑자기 고해의 순간을 맞이한 사람처럼 자신의 경험을 털어놨다. 생각해보니 나역시 많은 글에서 '이 나이쯤 되고 보니' 같은 말을 남발했다는 걸

알게 됐다. 잘 나이 드는 것, 그것만큼 어려운 일이 없다. 그러니 이것만은 잊지 말아야겠다.

충고는 그것을 청한 사람에게만 하자. 나이 운운하면서 섣불리 내 경험을 일반화시키지 말자. 조언을 한 뒤에는 그냥 잊자. 충고를 받아들일지 안 받아들일지는 그것을 듣는 사람 마음이다. 말하는 것보다 점점 듣는 즐거움을 깨닫자. 옛 말 틀린 거 없다. 나이 들수록 입은 닫고 지갑은 열어야 하느니…….

마지막의 마지막까지

변한다

〈해피해피 브레드〉라는 영화를 봤다. 도시 생활에 지친 부부가 호
수가 보이는 아름다운 훗카이도로 내려가, 화덕에 빵도 굽고, 커피
도 내리는 카페 겸 호스텔을 차리고 일상에 지친 사람들을 '해피
해피'하게 맞이한단 얘기다. 실연당한 도쿄 여자, 이혼한 엄마 때문
에 상처 받은 여자아이, 아이를 지진으로 잃은 노부부의 이야기
등 영화에는 다양한 사람들이 등장하지만, 내 마음을 끈 건 노부
부의 얘기였다.

5분 전만 해도 너무 비참해서
태어나지 않았길 바랐었는데,
지금은 천사와도 바꾸지 않을 거예요.

평생 빵이라고는 일절 입에 대지 않았던 아내 때문에 "미안하지만, 밥을 먹을 수 없을까요? 돈이라면 얼마든지 드릴게요."라고 요청하는 할아버지. 폭설이 쏟아지는 눈길을 차로 달려 간신히 쌀을 빌리러 갔던 남편은 불길한 예감 때문에 아내에게 이 노부부를 잘 관찰하라고 신신당부한다.

오래전 어린 딸을 지진으로 잃었던 할아버지는 살 날이 얼마 남지 않은 아픈 아내마저 홀로 떠나보낼 수가 없어서, 아내에게 청혼한 이곳에서 그녀와 함께 죽기로 결심한다. 하지만 카페의 여주인이 탁자 위에 구워놓은 따뜻한 빵을 아내가 맛있게 뜯어 먹는 걸 보고 그는 충격을 받는다.

"그 사람이 평생 먹지 않던 빵을 먹는 걸 보고, 나는 부끄럽지만 깨달았어요. 사람은 마지막의 마지막까지 변하는 거구나."

사람은 변할까. 변하지 않을까. 이 영화를 보다가 문득 사람이 변하든 변하지 않든 중요한 건 그런 게 아닐지도 모른다고 생각했다. 그것보다 더 중요한 건 내가 어떤 사람으로 늙어가고 싶은지를 스스로 결정하는 일이란 생각이 든 것이다.

나는 내가 생의 마지막 순간에 "아! 사람은 마지막의 마지막까지 변하는 거구나!"라는 말을 할 수 있는 사람이면 좋겠다. '변하지 않아서 좋았다'는 말보단, '변해서 좋았다'라고 말할 수 있는 삶을 살고 싶어졌다. 평생 밥만 먹던 할머니가 죽기 몇 달 전 빵을 맛보면서 '아! 빵이 참 맛있구나'라고 말하는 장면이 그래서 나는 참 좋았다.

변했다는 건 뭔가 끊임없이 시도했다는 얘기일 거다. 발음이 괴상한 외국어 배우기를 시도하고, 낯선 나라의 음식을 먹어보고, 한 번도 해보지 않은 일을 하기 위해 용기를 내보는 것 말이다.

한평생 손으로 하는 일에 관심이 없던 한 친구는 우울증을 극복하기 위해 뜨개질을 배우다가, 스웨터나 원피스 한 벌을 뜰 정도의 실력자가 되었다. 그녀는 그렇게 사람들에게 가장 특별한 선물을 하는 친구로 남았다. 한 번도 살아 있는 것을 키우고 싶단 생각을 해본 적이 없었지만, 길가에서 우는 고양이를 외면할 수 없어서 살아 있는 생명과 동거한 후배도 있다.

물론 낯선 시도들 때문에 자신에게 '고양이 털 알러지'가 있다는 걸 알게 되거나, 아무리 공부해도 자신이 외국어를 잘할 수 있는 사람이 아니라는 걸 알게 되는 순간이 올 수도 있다. 혼자 배낭

여행을 떠났다가 길을 잃고 헤맬 수도 있다. 도전하고 시도했기 때문에 남들보다 실패가 많은 삶일 수 있는 것이다. 하지만 결국 나이가 들어 가족과 친구들에게 해줄 이야기가 풍성한 삶이 좋은 삶이 아닐까.

앤은 짱구처럼 툭 불거졌던 이마가 반듯해지고, 주근깨가 사라지고, 키가 훌쩍 자라 아름다운 아가씨로 성장한다. 하지만 외모만 변한 게 아니다. 수다스럽던 성격이 차분해진 건 그저 시간이 흘러서라기보다 앤이 '퀸 학원' 입시라는 어려운 과제에 도전하며 생긴 인내와 집중력 때문이라고 생각한다. 매튜 아저씨를 도와 거친 농사일을 돕거나, 친구들과 이야기 모임을 조직해 자신의 상상력을 연극으로 실현시켜보는 일. 덕분에 강물에 빠지는 봉변을 당하기도 했지만, 이 또한 훗날 그녀에게 아름다운 추억을 만들어준다. 강물에 빠져 생쥐 꼴이 된 그녀를 구해주는 건 미래의 연인이자 남편인 '길버트 브라이스'니까!

이제는
사라져가는 것들

우리 세대는 '장인'이란 말을 높게 평가했고, 그것에 큰 의미를 부여했다. 한번 들어가면 그 직장이 평생직장까지는 아니어도, 그 직종에서 일하는 경우가 많았다. 하지만 시대가 빠르게 변하고 있다. 미래학자들은 전 세계로의 이주와 거동이 자유로운 시대의 사람들은 최소한 열 번에서 열다섯 번까지 직업이 바뀔 것이란 의견을 내놓기도 했다.

　노마드적인 삶. 세상 모든 광고들이 여기저기 떠도는 삶을 자유롭다고 포장하지만 정말 그런 걸까? 자본화된 세상에서 이동은 결국 돈의 문제일 가능성이 많다. 거주 이전의 자유라는 말의 이면에는 줄어드는 직장이나, 치솟는 집값 때문에 쫓겨가야 하는 누군가의 현실이 있는 것이다. 언젠가 바르셀로나에서 런던까지 출퇴근하는 남자의 인터뷰 기사를 본 적이 있다. 그는 런던의 살인적인 집값 때문에 새벽부터 비행기를 타야 하는 수고로움을 인내하고 있었다. 공항에서 런던행 비행기를 기다리던 남자의 마지막 말이, 오래도록 내 기억에 남았다.

"이렇게 해야 한 달 50만 원이 절약돼요!"

이때, 바르셀로나와 런던은 우리가 생각하는 가우디와 셜록의 낭만 도시가 아니다. 이동의 자유도 아니다. 그건 치솟는 임대료에 대한 반작용이다.

우리 시대의 새로운 성경은 효율성이다. '시간관리'는 그래서 자주 등장하는 용어다. 하지만 시간을 단축해주는 많은 도구에도 불구하고 우리는 여전히 시간 부족 현상에 시달린다. 어째서 쉬어도 쉰 것 같지 않고, 휴가여도 휴가인 것 같지가 않을까. 왜 일을 해도 성취감은 잠깐이고, 계속해서 더 일해야 한다는 강박에 시달리는 걸까. 어째서 일을 해도 한 것 같지 않고, 잠을 자도 잔 것 같

이 방에는 멋진 물건이 너무 많아서
상상할 여지가 없어 보이네요.
가난한 사람이 가지는 한 가지 위안은
상상할 것들이 무수히 많다는 것이랍니다.

지 않을까.

중요한 건 시간 자체가 아니라 그 시간에 대한 개인의 느낌이다. 6시간을 자도 충분히 잤다고 느끼는 사람과 10시간을 자도 부족하다고 느끼는 사람이 있다면, 물리적인 시간은 의미 없기 때문이다. 시간에 대해 공부가 필요하다고 생각한 건 그즈음이었다.

어느 날, 나는 24시간 동안 내가 했던 일들을 기록했다. 곧 한 가지 사실을 깨달았다. 내 시간이 연결되어 있지 않고, 깨진 거울처럼 파편화되어 있다는 사실이었다. 예상했겠지만 스마트폰과 노트북이 '시간 파편화'의 주범이었다. 우리는 수시로 이메일을 체크하고, 전화를 받고, SNS의 '좋아요'를 확인하며, 끊임없는 방해 속에서 일한다. 화장실 안에서조차 친구와 대화하고, 쇼핑하고, 드라마까지 본다. 버스에 앉아 텅 빈 거리 풍경을 보거나, 버스 기사가 튼 음악을 들으며 상념에 잠기는 사람은 희귀해져간다. 한 번에 두 가지 이상의 일을 하는 멀티태스킹은 시대상이다.

하지만 뇌 과학자들은 '멀티태스킹Multitasking'의 맹점을 규명하기 시작했다. 그들이 말하는 건 효율성의 대명사인 '멀티태스킹'이 사실 가장 비효율적이라는 사실이다. 학자들은 우리가 어떤 시간에 무엇을 하느냐보다 중요한 건, 그 시간에 대해 우리가 갖는 느낌이라고 강조한다. 시간에 대한 우리의 느낌이 곧 우리의 현실이다.

무엇이든 '더해지는 게' 좋다는 생각은 배곯는 일이 생존과 직결되던 시절부터 우리 조상들의 뇌 속에 각인된 감각이다. 그러나 과잉 시대를 사는 우리에겐 시간이나 집중에 대한 새로운 감각과 정의가 필요하다. 스티브 잡스는 집중을 "다른 좋은 아이디어 수백 개를 '노'라고 말할 수 있는 것"이라고 정의했다. 고만고만한 생각 천 가지를 퇴짜 놓는 것이 혁신이라고 힘주어 말하던 사람답게 '애플'의 모든 제품은 극도의 미니멀리즘을 지향했다.

역할의 과부하든, 시간의 파편화든, 이런 일이 반복되면서 우리가 잃는 건 몰입의 즐거움이다. 그네를 타고 놀거나 흙장난에 집중하는 아이는 시간을 잊는다. 피아니스트는 시간을 잊고, 발레리나는 춤 속에서 자신조차 잊는다. 우리는 순수하게 몰두해 시간이 사라지는 감각이 무엇인지 점점 잃어가고 있다.

열심히 노력했으나
진다는 것

간절함과 노력이 제대로 된 결과를 만들 것이란 기대는 어른들의 오랜 동화였다. 그것이 인간이 고집스러울 정도로 지켜낸 믿음이 아니었다면, 『연금술사』나 『시크릿』 같은 책이 전 세계적으로 그렇게 많이 팔리지도 않았을 것이다. 그러나 우리가 사는 세상에는 짐작과 다른 일들이 너무 많이 일어난다. 원인과 결과는 대부분 퍼즐처럼 맞춰지지 않는다.

자본주의 사회에서 꿈과 희망은 언제나 인기 검색어 1위. 스테디

셀러처럼 잘 팔리는 단어였다. 하지만 예술 장르인 사진의 예를 들어봐도, 전 세계에서 벌어지는 포토리뷰와 어워드, 페스티벌의 대다수는 예술가를 꿈꾸는 사람들이 내는 적지 않은 액수의 참가비로 운영된다. 가수가 되거나 연기자를 바라는 아이들의 꿈 너머에는 수많은 보컬 학원과 연기 학원들이 있다. 바리스타 학원, 항공 승무원 학원, 미술학원……. 꿈꾸는 청춘들 뒤에는 늘 그들의 꿈과 열정을 이용하는 사람들이 있기 마련이다. '앎'을 '공부'로 '공부'를 다시 '교육'으로 바꾸면 벌어지는 일이다.

누군가의 꿈이 다른 누군가의 밥벌이가 되는 구조. 어른이 되며 내가 목격한 꿈은 그렇게 퇴색되어갔다. 적어도 그것이 '꿈=직업'이란 의미를 갖게 되는 순간 더욱 그랬다. 그러니까 '꿈은 이루어진다'라는 캐치프레이즈로 자기희생을 포장하는 건 분명 문제가 있었다. 그래서 나는 이제 소설 등단을 포기했다는 L의 말을 듣다가, 이런 말을 한 건지도 모른다.

재능은 균등히 주어지지 않을 것이다.
기회는 우연에 의지할 것이다.
꿈이 악몽이 되는 건 한순간일 것이다.

간절하면 할수록 악몽의 내용은 더 끔찍해질 것이다.

예술은 불공정과 불공평의 세계이다.

중요한 건 어쩌면 '노력하면 다 이루어진다!'와 '어차피 안 될 거니까 노력하지 마라' 사이에 있는 말들이 아닐까. '꿈은 이루어진다!'와 '꿈은 꾸라고 있는 거지 이루라고 있는 게 아니다!' 사이의 말이 아닐까. 우리가 살아가는 세상에 단정적으로 이야기할 수 있는 게 얼마나 될까. '인간은 죽는다' 정도가 아닐까.

한때 나는 노력이 의지라고 생각했었다. 그래서 늘 내 노력이 부족하다고 생각할 때마다 의지박약이란 말을 가장 먼저 떠올렸다. 하지만 이젠 노력이 일종의 '재능'이라는 걸 안다. 노력은 의지가 아니다. 노력이야말로 어떤 면에서 타고난 재능이다. 인간에게 주어진 가장 특별한 재능 말이다. 하지만 성공하기 위해 대체 얼마만큼의 노력이 필요한 걸까. 왜 이 세계의 멘토들은 '그래서 죽도록 노력해봤냐?'라는 질문을 젊은이들에게 함부로 던지는 걸까. 제아무리 애쓰고 노력했는데도 안 되는 게 있다는 걸 왜 말하지 않을까. 그렇다면 우리가 정말 알아야 할 것은 노력 이후의 삶이다.

이렇게 말하는 게 가능하다면, 노력해서 가장 좋은 건 이기는

난 최선을 다해 공부했고
노력의 기쁨이란 게 어떤 것인지 그 뜻을 알게 된 것 같아.
열심히 노력해서 이기는 것 다음으로 좋은 것은,
열심히 노력했으나 졌다는 것이야.

게 아니다. 노력해서 가장 좋은 건 지지 않는 것이다. 우리가 사는 세상은 앤이 살았던 세상과 비교할 수 없이 빠르다. 미래학자들은 20년 안에 현존하는 직업의 48퍼센트가 사라질 것이라 예상한다. 나는 이토록 빠르게 변하고 불안정한 세상에서는 '지속 가능한 것'에 대해 깊게 생각할 시기가 왔다고 생각한다.

세상을 살면서 언제나 이기는 건 불가능하다. 이긴다는 건 지속 가능한 일이 아니다. 그렇기 때문에 이젠 이기는 법이 아니라, 지지 않는 법에 대해서 익혀야 한다. 더 나아가 '지는 법'에 대해서도 알아야 한다. 나는 언제나 지는 법에 대해 알려주는 학문이 있다면 좋겠다고 생각해왔다. 마치 유도를 배울 때, 가장 먼저 익히는 게 낙법인 것처럼 지는 법, 잃는 법을 익힌다면 세상을 사는 데 확실히 도움을 줄 거라고 말이다.

앤이 말한 '노력해서 두 번째로 좋은 게 지는 것'이란 말의 방점은 '노력'에 있지 '지는 것'에 있는 게 아니다. 하지만 앤의 말 속에는 세상에 노력만으로 이루어지지 않는 게 있다는 걸 명확히 이해하는 사람 특유의 체념이 있다. 세상 사람들이 가장 중요하다고 말하는 사랑은 어떤가. 학 천만 마리를 접는다한들, 내게 무관심한 사람을 나를 사랑하는 사람으로 만들기는 힘들다. 그러니 막연

한 환상이 아니라, 생생한 현실을 선택하는 편이 옳다. 실패도 잘해야 다음 성공의 초석이 될 수 있다. 지는 것 역시 그렇다.

어떻게
죽을 것인가

자신의 죽음을 스스로 결정할 수 있는 사람은 없다. 매튜처럼 집에서 자연스레 숨이 잦아들어 죽는 경우는 이제 손에 꼽을 정도다. 우리는 대부분 집이 아닌 병원의 환자로 죽는다. 사실상의 객사인 것이다. 죽음이 두렵다는 말의 의미는 죽음의 과정이 두렵다는 말과 같다.

병원에서 환자로 죽는다는 건 자연스러운 죽음에서 멀어진다는 뜻이다. 왜냐하면 일단 병원에 입원하면 의사들은 환자들의 생사

가망 여부를 불문하고 약물을 투약하고, 기도를 절개해 인공호흡기를 달고, 수많은 의학적 조치를 취하기 때문이다.

중환자실에선 잠들어 있는 환자를 일부러 깨워 CT를 찍고, 수없이 바늘을 찔러대고, 피를 뽑는다. 그 모든 검사들은 환자들의 생명을 보호하기 위해 필요한 조치다. 하지만 역설적으로 그런 행위들이 환자들을 쉴 수 없게 만들어 그들이 가지고 있는 내적인 회복력을 크게 해칠 수도 있다.

어린 시절, 친할머니 집 옆에는 고조할아버지의 무덤이 있었다. 그래서 무덤가 곁의 제비꽃을 꺾고, 낮잠을 잤던 기억이 내겐 생생하다. 이청준의 소설 『축제』에서 팔순 노모의 죽음은 축제로 승화된다. 집안 식구들과 지인들이 어머니의 치매로 인해 받았던 고통을 회상하면서 묵은 갈등을 해소하고 결국 화해에 이르기 때문이다.

우리의 전통적인 장례 문화에는 죽은 자를 애도하고, 산 자를 위로하는 예식이 존재했다. 사람이 죽으면 병원의 영안실이 아니라, 평생을 살던 집의 병풍 뒤에 모시는 게 당연하다고 느꼈던 시절도 분명 있었다. 사람들은 사흘 밤낮을 고인이 지내던 공간 안에서 그를 떠나보낼 예식을 치렀다. 하지만 어느 순간부터 그 위

지금 이런 말 하긴 그렇지만
마음을 단단히 먹고 정신을 차려야 해요.
지금은 마릴라를 내버려둘 수밖에 없으니
나머지 식구들은 정신을 차려야 해.
앤 너라도 단단히 정신 차려야 한다!

네가 이름 지은, 기쁨의 하얀 길,
지금쯤은 사과 꽃이 아름답게 피어 있을 거다.
모든 게 작년과 똑같게 말이다!

로의 축제가 사라졌다.

앤과 마릴라가 매튜를 잃는 슬픔 속에서도 그의 죽음을 받아들일 수 있었던 건 익숙한 이웃들의 도움 덕분이었다. 이 소설의 원제목이 '그린 게이블의 앤'인 것처럼 이때, 장소는 매튜의 죽음에 절대적인 의미를 갖는다. 매튜 역시 '초록지붕 집의 매튜'이기 때문이다.

내 친할아버지는 돌아가시기 얼마 전까지도 자신의 병명이 무엇인지 몰랐다. 가족들은 '위암 3기'라는 병명이 할아버지에게 미칠 영향을 고려해, 그것을 철저히 숨겼다. 의사는 환자의 희망을 꺾지 않기 위해 최대한 환자의 상태를 긍정적으로 설명하는 경향이 있다. 아이러니한 건, 만약의 의학적 분쟁을 위해 의사가 환자의 보호자들에겐 최악의 상황을 설정한다는 것이다. 이 과정에서 환자와 가족, 의사와 환자, 의사와 가족 사이에 많은 오해와 불신이 쌓인다. 할아버지는 결국 온갖 항암 치료 후 돌아가셨지만, 어린 나는 그때 강한 의문을 가지게 되었다. 아무리 가족들의 선의라고 하지만, 자신을 덮친 병이 무엇인지조차 모르는 채 죽어간다는 게 과연 옳은 일일까. 만약 처음부터 의사가 할아버지에게 정확한 병명과 예후에 대해 설명해주었더라면, 할아버지는 다른 선택을 할 수도 있지 않았을까.

매튜의 죽음을 보면서 나는 내 숨이 사라지는 마지막을 생각했다. 나는 인공적인 생명보조 장치를 매달고 병원에서 내 삶을 끝내고 싶지 않았다. 가망 없는 치료에 매달리기보단 얼마 남지 않은 시간이라면, 내 삶을 정리하고, 사랑하는 사람들 속에서 살다 가고 싶다. 물론 사람을 끝까지 살리고 싶어 하는 의료진들의 선의를 의심하는 건 아니다. 하지만 의료진이 말하는 호전이 환자의 가족이 기대하는 호전과 많이 다를 수도 있다는 것 역시 이제는 안다. 예를 들어, 의사들이 말한 호전은 눈을 뜨고 일어나 걸어 다니는 것이 아닌, 자가 호흡이 불가능한 혼수상태에서 자가 호흡이 가능한 식물인간 상태를 의미하는 것에 그칠 수도 있다.

어떻게 죽을 것인가. 무엇이 인간답고, 무엇이 나다운 마지막일까. 일본의 유명한 코미디언이자 영화감독인 기타노 다케시는 오토바이 사고로 죽음 직전까지 간 이후, 이렇게 말했다. 죽음에 대해 깊이 생각하는 사람이 세상을 가장 열심히 살아간다고. 어떻게 죽을 것인가란 질문은 정확히 어떻게 살아갈 것인지에 대한 가장 진지한 성찰이기 때문이다.

 이 저녁이 마치 보랏빛 꿈같지 않니?
이걸 보니 살아 있는 게 기뻐.
난 항상 아침이 최고라고 생각하는데,
저녁이 오면 또 저녁이 더 멋진 것 같아.

잘 웃는 할머니로
늙는다는 것

언젠가 나도 마릴라처럼 할머니가 될 거라고 생각하면 아득해진다. 할머니가 된다는 건 어떤 느낌일까. 상상이 잘 되지 않는다. 하지만 나는 종종 내가 어떤 할머니로 늙고 싶은지 생각한다. 잘 사는 건 결국 제대로 나이 들어가는 것과 같은 말일 테니까.

사노 요코의 『사는 게 뭐라고』(마음산책, 2015)를 읽다가 "이런 할머니라면 닮고 싶다!"고 생각했다. 암이 생긴 후, 배용준이 나온 한류 드라마에 빠져 남이섬에 관광까지 왔던 한류팬 사노 요코.

그녀는 일본의 대표적인 삽화가로, 역시 일본의 대표 시인 '다니카와 슌타로'는 그녀의 첫 번째 남편이었다(그녀는 두 번 이혼했다). 나는 일본 아줌마들이 왜 그렇게 배용준에게 빠져들었는지 늘 궁금했는데, 그녀의 책을 읽고 마침내 궁금증을 해결했다.

"나는 일본 아줌마들에게 진심으로 감사하고 싶다. 선전에 휘둘린 것도 아니고 잘난 평론가들의 꼬임에 넘어간 것도 아니다. 아줌마들은 스스로 한국 드라마를 발견했고, 땅속 마그마처럼 쓰나미처럼 우르르 몰려들어 한류를 띄웠다. 그러고는 창피고 체면이고 아랑곳하지 않고 흠뻑 빠져서 일본을 바꾸어 놓았다. 아줌마는 자각이 없다. 미처 다 쓰지 못한 감정이 있던 자리가 어느새 메말라버렸다는 사실도 눈치채지 못했다. 한국 드라마를 보고서야 그 빈자리에 감정이 콸콸 쏟아져 들어왔다. 한국 드라마를 몰랐다면 그 사실을 깨닫지 못하고 죽었을 것이다. 인생이 다 그런 거라고 중얼거리면서. 하지만 브라운관 속, 새빨간 거짓말에 이렇게 마음이 충족될 줄 몰랐다. 속아도 남는 장사다!"

솔직하고 담대하지 않은가. 새빨간 거짓말이라는 걸 알고도 기꺼이 속아주는 마음 말이다. 그런 그녀가 암 진단을 받는다. 그녀는 자신에게 남은 삶이 2년 정도라는 걸 알게 된다. 그러나 그녀는 병원에서 환자로 살며 죽음을 기다리는 것이 아니라 얼마 남지 않은 삶을 깊이 있게 즐기기로 결정한다. 인공적인 연명술이나 항암제 투여를 거부한 그녀는 통증을 관리하기 위한 진통제만 투여 받으며 자신의 일상을 산다. 죽음에 대한 태도도 보통의 사람들과 참 많이 달랐다.

"암은 좋은 병이다. 얼굴이 새파랗게 질려 병문안 오는 사람들이 멜론 같은 걸 사온다. 나는 또 굴뚝이 되어 있다. 제아무리 애연가라도 암에 걸리면 담배를 끊는다지, 흥, 목숨이 그렇게 아까운가?"

사실 이 책에서 내가 가장 좋아하는 장면은 사노 요코가 암 진단을 받고, 병원에서 돌아오는 길에 재규어를 사는 장면이다. 마치 슈퍼마켓에서 좋아하는 초콜릿 한 봉지를 사는 기분으로 말이다. 물론 산 지 일주일 만에 재규어는 주차 미숙으로 여기저기 긁히고,

줄기찬 새똥의 공격으로 똥차가 되어버리고 말지만. 암이 생기자 그녀는 해보고 싶었던 일을 죄책감 없이, 마음껏 해버린다.

늘그막에 찾아오는 암이 역설적으로 축복일 수 있다고 내게 말해준 사람은 LA에 사는 언니였다. 그녀는 남편과 시어머니를 암으로 떠나보낸 마지막 일 년 동안의 일을 내게 자세히 얘기해주었다. 언니는 길을 걷거나 집에서 설거지를 하다가 느닷없이 쓰러져 반신불수가 되는 뇌혈관 질환과 다르게 암은 최소한 죽음을 준비할 수 있는 시간을 벌어준다고 했다. 그런 의미에서 암이 착한 병이라는 것이다. 나 같은 사람은 쉽게 상상할 수 없는 경지의 이야기였다. 하지만 깊은 울림을 주는 말이었다.

지하철 안에서 이 책을 읽었다. 전철을 타면 예쁘고 젊은 여자 옆에는 반드시 할아버지가 서 있다는 문장을 읽다가, 나도 모르게 지하철 안을 관찰했다.

"할머니는 젊은 미남한테 이끌려가서는 안 된다. 가방을 고쳐 잡거나 창밖을 두리번거리는 사람 앞에 서야 한다. 앉기 위해 서다. 화사한 마음보다는 실용을 택한다!"

그녀의 말이, 나이 들어서도 마음만은 청춘으로 연애하듯 젊게 살아야 한다거나, 늙으면 소식하고 치아를 보호하기 위해 단 것을 줄여야 한다거나, 관절을 위해 근력 운동을 해야 한다는 훌륭한 말이 아니라서 좋았다. 무엇보다 할아버지들은 그녀의 말처럼 내 옆이 아니라, 젊고 예쁜 여자 옆에만 서 있지 않은가! 할머니가 되면 나도 이 정도의 통찰력을 얻고 싶다.

 다들 시험공부로 바쁜데 나 혼자만 태평스럽지 뭐니?
난 이 모임을 굉장히 중요하게 생각했어.
하지만 이젠 끝이로구나. 이 이야기 모임도.

 그런 게 아니야.

젊음을

삶의 맨 마지막에 놓을 수 있다면

청춘은 언제 끝날까? 20대가 끝나면, 30대가 시작되면, 청춘도 끝나는 걸까. 청춘은 누구의 말처럼 나이가 아니라 정신의 한 상태를 지칭하는 말일까. 하지만 성성한 백발에 마음만은 청춘이라 힘주어 말하며 원색 꽃무늬 원피스에 빨간 립스틱을 바른 노인을 바라보는 내 마음은 무겁기만 하다. 나이가 들면 늙고 낡아가는 건 자연스러운 일이 아닐까.

숲이 우리에게 주는 교훈은 그런 것이다. 나무도 계절에 따라

몸을 바꾼다. 여름엔 무성하고 겨울이면 헐벗는다. 인생을 계절에 비유하면 청춘은 여름이고 노년은 겨울이다. 나무가 늙으면 무너지고 스며들어 흙이 되고, 그 흙은 다시 어린 나무들을 키운다. 죽는 슬픔이 있으면 태어나는 기쁨이 있다. 늙음이 있어야 젊음도 있다.

앤과 친구들의 나이는 열한 살. 이들의 인생 시계는 이른 새벽 즈음일 것이다. 그런데도 다이애나의 말은 청춘의 끝을 선고하듯 비장하다. 낭만의 시대는 갔고, 이제 남은 건 현실뿐이라는 선언처럼 들리니 말이다. 다이애나를 제외한 친구들은 모두 퀸 학원의 입시 공부를 하느라 여념이 없다. 점점 시험이 그들의 현실이 된다. 갈 길이 달라진 우정은 이제 멀어질 일만 남은 것처럼 보인다. 실제 그런 일은 비일비재하다.

학교가 달라지고, 동네가 달라지고, 취업의 길이 달라지고 나면, 마음은 조금씩 멀어진다. 옛 친구는 가고, 어느덧 새 친구가 온다. 하지만 청춘이란 누구와도 친구가 될 수 있고, 누구와도 쉽게 헤어질 수 있는 시기가 아닐까. 나는 이제야 버나드 쇼의 '젊음은 젊은 이에게 주기 너무 아깝다'라는 말을 납득한다. 젊음은 스스로 너무 반짝여서 다른 존재들의 반짝거림을 쉽게 알아채지 못한다. 봄에 피어나는 꽃이 얼마나 예쁜지, 가을의 단풍을 보는 기쁨이 얼마나 가슴 아린지…… 젊음은 스스로 너무 심각해서, 삶이 때때로 농담을 던지듯 가벼워야 하는 무엇이란 말을 이해하지 못한다.

나비는 애벌레였다가 인생의 마지막 순간에야 찬란한 날개를 펴며 나비가 된다. 그렇게 하늘 높이 날아오르는 것으로, 생의 마지막을 장식하는 것이다. 젊음이 인생의 처음에 놓여 있는 건 아무래도 인간의 가장 큰 비극 중 하나가 아닐까. 톨스토이의 말이 맞다. 내가 신이라면 나 역시 청춘을 인생의 맨 마지막에 놓겠다. 인생의 마지막에 이토록 푸릇한 청춘이 놓여 있다면, 삶은 어떻게 바뀌게 될까. 만약 12월 31일에 창문을 열었는데, 창밖으로 따뜻한 봄바람이 불고, 눈보다 하얀 벚꽃이 피어 있고, 그 위로 애벌레에서 나비가 된 호랑나비들이 날아다닌다면 우리는 그 해의 마지막을 따뜻한 희망 속에서 마무리 짓지 않을까.

문득 인생의 절정이 놓여 있는 순서를 바꾸고 싶단 생각을 한다. 계절의 순서, 나이를 먹는 순서, 요일의 순서처럼 우리가 당연하다고 믿는 것들을 말이다. 그것이 도무지 실현 불가능하다는 걸 알면서도, 자꾸, 자꾸만 이런 엉뚱한 상상들을 하게 된다. 빨강머리, 내 안의 오랜 소녀가 아직도 살아 있는 것처럼.

앞일을 생각하는 건 즐거운 일이에요.
이루어질 수 없을지는 몰라도 미리 생각해보는 건 자유거든요.
린드 아주머니는 '아무것도 기대하지 않는 사람은
아무런 실망도 하지 않으니 다행이지.'라고 말씀하셨어요.
하지만 저는 실망하는 것보다
아무것도 기대하지 않는 게 더 나쁘다고 생각해요.

한 번뿐인 인생이니까

더 깊게 빠져들자

나는 행복을 '다행'이라 바꿔 부르는 사람을 몇 명 알고 있다. 돈을 버는 이유는 '하고 싶은 일'을 하고 싶어서가 아니라, '하기 싫은 일'을 안 하기 위해서라고 말하는 사람도 안다. 불과 몇 년 전의 나는 불행해지지 않는 것보다 행복해지는 쪽이 더 중요하다고 말하는 사람이었다. 하지만 이젠 어쩌면 꼭 그런 게 아닐지 모른단 생각을 하게 됐다. 어쩌면 '행복'이 '행운'과 관련 있는 말이 아닐까란 생각을 하게 된 것이다.

이제 나는 종종 '하고 싶은 일'을 하는 자유가 아니라, '해야 하지만 하지 않을 자유'에 대해 말하게 된다. 앤과 함께 30년 가까운 시간을 보내온 나는 이제 '결핍'을 채우는 일보다 더 중요한 건, 어쩌면 '과잉'을 덜어내는 쪽이 아닐까란 생각도 한다. 나이에 따라 내려야 하는 처방이 다르다는 것도 알겠다. 살아보지 않은 나이를 예상한다는 건 어쩌면 부질없다는 것도.

사람에 대한 기대를 내려놓으면 사는 게 한결 편해진다. 실망하지 않기 때문이다. 린드 아줌마나 마릴라 아줌마가 앤에게 하는 말은 자신들이 살아온 세월에 대한 증언이다. 오래 살았기 때문에 그만큼 많은 일들을 겪었을 테고, 그래서 축적된 지혜를 앤에게 이야기해준 것이다. 이젠 그걸 알기 때문에 이럴 수도 저럴 수도 있다고 말할 수밖에 없다. 앤의 말도 맞지만 내 말도 맞아, 라고. 사람은 바뀐다. 시간이 하는 일은 대개 속도가 느려서, 다만 자신도 모르게 바뀌어 있을 뿐이다.

앤의 말처럼 앞날을 기대하고 계획하는 일은 즐거운 일이다. 가령 삶을 긴 여행으로 비유한다면 여행이 꼭 계획대로만 되지 않는다는 것을 받아들이면 더 그렇다. 낯선 곳에서 길을 잃을 위험, 열차를 놓치게 될 상황, 익숙하지 않은 음식을 먹고 탈이 날 가능성

같은 것은 사는 동안 언제든 나타나 우리를 실망시킬 것이기 때문이다. 사랑 역시 그렇다. 헤어짐을 감당해내는 순간, 우리는 진짜 사랑을 할 수 있다. 어차피 헤어질 테니까 대충 사랑하자가 아니라, 한 번뿐인 인생이니까 더 깊게 빠져들자가 될 수 있는 것이다.

앤의 말처럼 기대는 좋은 일이다. 실망을 감당할 수만 있다면! 하지만 어느 순간, 실망을 감당해낼 수 없을 것 같은 시간도 도래한다. 그건 어떤 마음일까. 앤의 희망찬 말은 그러므로 이렇게 읽어 마땅하다. 미래에 대한 기대의 달콤함은 현실의 쓰디씀에 대한 인정과 감당 안에서 꽃피는 것이라고.

아직 너무 늦지 않았을
우리에게

> "이 전환점을 돌면 어떤 것이 있을지 알 수 없습니다.
> 하지만 난 그 뒤엔 가장 좋은 것이 있다고 믿고 싶어요!"

영화 〈토르〉로 잘 알려진 영화배우 톰 히들스턴은 어느 날, 런던의 지하철역 벽에 쓰여 있는 한 문장을 읽는다.

"누구에게나 두 개의 인생이 주어져 있습니다. 두 번째 인생은 삶이 한 번뿐이라는 것을 깨달았을 때 비로소 시작됩니다(We all have two lives. The second one begins when you realize we only have one)."

그는 어느 토크쇼에 출연해 이 글이 자신에게 깊은 인상을 주었다고 말한다. 만약 우리가 인생을 두 번 살 수만 있다면, 우리는 더 나은 삶을 살 수 있을까? 그럴지도 모른다. 누구라도 과거의 후회를 (후회가 남지 않는 선택으로) 되돌려놓을 게 분명하기 때문이다. 하지만 두 번째 인생을 아무나 누릴 수 있는 것은 아니다. 런던 지하철 벽에 거리의 현자가 써놓은 말은 누구든 단 한 번뿐인 인생의 소중함을 절실히 깨닫고 난 뒤에야, 비로소 또 한 번의 새로운 삶을 살 수 있다는 뜻이니까.

톰 히들스턴은 〈토르〉로 2012년과 2013년 MTV 영화제 '최고의 악당상'과 '최고의 싸움상'을 받았다. 하지만 2014년 그는 짐 자무시 감독의 영화 〈오직 사랑하는 이들만이 살아남는다〉 같은 예술 영화에 출연했다. 그 영화에서 그는 사람을 죽이고 세계를 파괴하는 대신, 음울한 음악가가 되어 숨어 사는 쪽을 선택한다. 누구보다 강한 힘을 가지고 있지만 그 힘을 나쁜 쪽으로 쓰지 않기로 결심한 것이다. 더 이상 인간을 죽이고 싶어 하지 않는 뱀파이어를 연기한 최고의 전직 악당은 새롭게 변신해 파괴 대신 사랑을 선택한다.

나는 〈빨강머리 앤〉을 적어도 열 번 이상 보았다. 그 사이 많은 시간이 흘렀다. 집에 있는데도 집에 가고 싶을 만큼 많이 지쳤을 때, 보고 있는데도 보고 싶을 만큼 충분히 사랑받지 못했을 때, 이겼는데도 더 이겨야 할 것처럼 지독히 불안해졌을 때, 나는 앤을 '다시 한 번' 봤다. 대학 입시에 실패하고, 연애에 실패하고, 사표를 내고, 울고 싶어졌던 어느 밤에는 〈빨강머리 앤〉을 틀어놓고 잠들기도 했다. 예쁘지는 않지만 사랑스러운 이 소녀와 참 긴 시간을 보냈다. 하지만 빨강머리 앤이 내게 해준 말에 대한 책을 쓰겠다고 결심했을 때, 나는 앤에게 아마도 이런 말을 하고 싶었던 것 같다.

"앤, 내가 살아보니 꼭 그런 건 아니야……."

살아보니 앤의 말이 다 맞는 건 아니었다. 그건 소녀 시절의 나와 어른이 된 내가 같지만 다른 사람이기도 하단 반증이었다. 그러나 앤의 말은 내게 언제나 '간절히!' 맞길 바라는 말이다. 앤과 지금까지 함께 나누었던 말들은 어쩌면 이 두 번의 인생과 깊이 관련 있는 말일지도 모르겠다.

　살면서 얼마나 많은 실수를 저질렀는지 모른다. 사소한 실수들도 있지만 치명적인 실수도 있었다. 만약 되돌아갈 수만 있다면, 내게 두 번째 삶이 주어진다면, 그 시간으로 돌아가 바꾸거나 돌이키고 싶은 순간들 말이다. 실수로 사랑하는 사람을 잃었고, 기회를 놓치기도 했으며, 누군가의 마음을 갈가리 찢어놓기도 했다.

사람들은 과거는 절대 바꿀 수 없다고, 바뀌지 않는다고 생각한다. 하지만 나는 과거도 바뀔 수 있다는 걸 이젠 안다. 정확히 말해 과거의 '의미'는 내가 '현재'를 어떻게 살아내느냐에 따라 변한다. 나는 과거가 뒤바뀐 사람들을 줄곧 관찰해왔다. 성취가 실패로, 상처가 성숙으로, 행운이 불행으로, 분노가 기쁨으로 말이다. 내가 SNS의 자기 소개란에 곧잘 작가란 말 대신 '상처 수집가', '눈빛 탐험가'라고 쓰는 이유는 그것 때문이다. 그리고 그것이 내가 지금 이 순간을 열심히 사는 이유다.

내게도 바꾸고 싶은 과거가 있다. '있는 그대로의 나를 사랑하라'는 말이 가진 위안과 기만을 넘어, 조금 더 나은 나를 향한 갈망이 있다. 그렇기 때문에 지금이 소중한 것이다. 그것이 절망이란 단어로 희망을 말하는 순서란 걸, 이제 나는 알 것 같다.

인생이 딱 한 번뿐이라는 걸 깨닫는 순간, 우리의 두 번째 삶이 시작된다. 정말 중요한 건 어떤 일을 그냥 '하는 것'이다. 그래서 나는 이 책이 '읽는 것'이 아니라 '읽고 난 이후의 행동에 힘을 실어주는 것'이길 바란다. 어린 시절 우리와 함께 울고 웃던 앤도 아마 그렇게 생각할 것이다. 나는 앤이 스테이시 선생님께 보내는 감사의 편지를 몇 번이고 반복해서 읽었다.

"사람의 앞길엔 언제나 구부러진 길모퉁이가 있기 마련이군요. 새로운 길모퉁이를 돌았을 때, 그 앞에 무엇이 보일는지, 전 거기에 희망과 포부를 품고 이 결단을 내린 것입니다. 그러나 좁은 듯이 보이는 이 길을 꼬불꼬불 꼬부라지면서 천천히 걸어나가기 시작하자, 넓은 지평선을 향하여 힘차게 내달리던 시절에 비하여 주변의 아름다움이며 흐뭇한 인정을 맛보는 일이 많아진 것 같은 느낌이 듭니다."

늦었다고 생각했을 때가 늦은 거란 말을 여러 번 썼었다. 하지만 이 책을 쓰며 내 생각이 조금씩 바뀌어왔다는 걸 깨달았다. 그러자 비로소 어린 앤이 내게 들려주고 싶어 했던 가장 희망적인 말

하나를 발견했다.

만약 인생이 딱 한 번뿐이라는 걸 깨달았다면,
당신은 아직 늦지 않았다.

〈빨강머리 앤〉의 등장인물

앤 셜리 노바스코샤 고아원 출신. 교사였던 부모님이 돌아가신 후, 여기저기 떠돌며 힘겹게 살았다. 열한 살 때, 꿈꾸던 초록지붕 집의 커스버트 남매에게 입양되지만 그들이 농사일을 도와줄 아들을 원했다는 사실을 알고 절망한다. 하지만 특유의 낙천성과 긍정적인 마음으로 결국 매튜 아저씨와 마릴라 아줌마의 딸로 자라난다. 특기는 상상력과 끝없는 수다, 매일 새로운 실수를 하기.

다이애나 배리 앤의 가장 친한 친구. 우윳빛 피부에 검은색 머리카락을 가진 다정다감한 성격의 소녀다. 음악에 소질이 있어 피아노 치기와 노래하기를 좋아한다. 현모양처가 꿈.

마릴라 커스버트 엄격한 원칙주의자. 초록지붕 집의 안주인. 평생 결혼을 하지 않은 독신녀로 오라버니와 함께 앤을 키운다. 주기도문도 외우지 못하는 앤을 제대로 교육시키기 위해 고군분투 중. 하지만 매일 시행착오를 겪는 중.

매튜 커스버트 마릴라 커스버트의 오라버니. 앤에게는 무조건적인 사랑을 퍼주는 바다 같은 사람이다. 하지만 병적으로 수줍음이 많아서 여자들 앞에만 서면 줄행랑 치기 일쑤. 누구의 질문이든 "음… 그렇구먼"과 "음… 글쎄다~."라고 말하는 특유의 습관이 있다.

길버트 브라이스 첫 수업날, 앤의 빨강머리를 '홍당무'라고 놀린 후, 자신의 사과를 받아주지 않는 앤과 5년 동안 거의 한 마디 말도 하지 않은 남자. 하지만 늘 1, 2등을 다투며 선의의 경쟁으로 퀸 학원을 우수한 성적으로 졸업한다. 훗날 앤의 남자친구.

린드 부인 아이들을 많이 키운 경험으로 마릴라의 양육 멘토를 자처한다. 처음 앤을 보고 어쩜 이렇게 못생겼냐고 말해서 앤의 반감을 불러일으킨다. 프린스 에드워드 섬의 빅 마우스로, 모든 소문은 린드 부인으로부터 나간다.

앨런 목사 부인 앤이 꿈꾸는 이상형의 여자. 앤의 실질적인 멘토로 힘들 때마다 앤은 목사 부인을 찾아가 상의한다. 타고난 상담가.

조시 파이 이기적이고 시끄럽기로 유명한 파이 집안의 여자아이. 타인에 대한 배려 없는 직설화법의 대가로 '아무리 좋아하려고 애써도 좋아할 수 없는 사람'이 있다는 걸 앤에게 깨닫게 해준 친구.

침대는 잠만 자는 곳이 아니에요.
꿈을 꾸는 곳이기도 해요.

애니메이션 〈빨강머리 앤紅毛のアン〉은 1908년 출간되어 전 세계적인 고전의 반열에 오른 루시 모드 몽고메리의 불후의 명작 『그린 게이블의 앤』을 원작으로, 지브리 스튜디오의 다카하다 이사오 감독에 의해 1979년 일본 후지 TV 〈세계명작극장〉에서 50회 연작으로 재탄생되었다. 다카하다 이사오는 〈미래 소년 코난〉, 〈반딧불이의 묘〉, 〈추억은 방울방울〉, 〈천공의 성 라퓨타〉, 〈바람계곡의 나우시카〉 프로젝트에 연출과 제작으로 참여한 명장이다. 고난을 두려워하지 않는 앤 셜리 특유의 밝은 성격과 천진한 말들은 애니메이션으로 다시 태어난 삐삐 마른 주근깨 소녀 캐릭터에 힘입어 큰 인기를 끌었고, 같은 해 일본 후생성이 주관하는 '아동복지 문화상'을 수상했다. 한국에서는 KBS 2TV에서 1985년 9월 13일부터 11월 1일까지 일부만 방영되었다가 1986년 3월부터 6월까지 전 회차가 방영되어 열띤 지지를 받았다. 10년의 시차를 두고 1999년 1월 4일부터 1월 30일까지 재방영되기도 했다. 2010년에는 1화부터 6화까지 편집한 극장판 〈빨강머리 앤: 그린 게이블로 가는 길〉이 상영되었다. 극장판 〈빨강머리 앤〉은 지브리 스튜디오의 미야자키 하야오 감독 지휘 아래 다시 편집되어 큰 관심을 끌었다.

빨강머리 앤이  하는 말

1판 1쇄 발행 2016년 7월 15일
2판 1쇄 발행 2022년 12월 1일

지은이 백영옥
펴낸이 김영곤
펴낸곳 (주)북이십일 아르테

책임편집 이지혜 김지영 인수
아르테출판사업본부 문학팀 김지연 임정우 원보람
출판마케팅영업본부 본부장 민안기
출판영업팀 최명열
마케팅2팀 나은경 정유진 박보미 백다희
제작팀 이영민 권경민

출판등록 2000년 5월 6일 제406-2003-061호
주소 (우 10881) 경기도 파주시 회동길 201(문발동)
대표전화 031-955-2100 **팩스** 031-955-2151

ISBN 978-89-509-6569-3 03810

아르테는 (주)북이십일의 문학 브랜드입니다.